U0073767

靈能之森
02 戰爭序曲
Save the Cheerleader,
Save the World!
七夜荼×嵐月

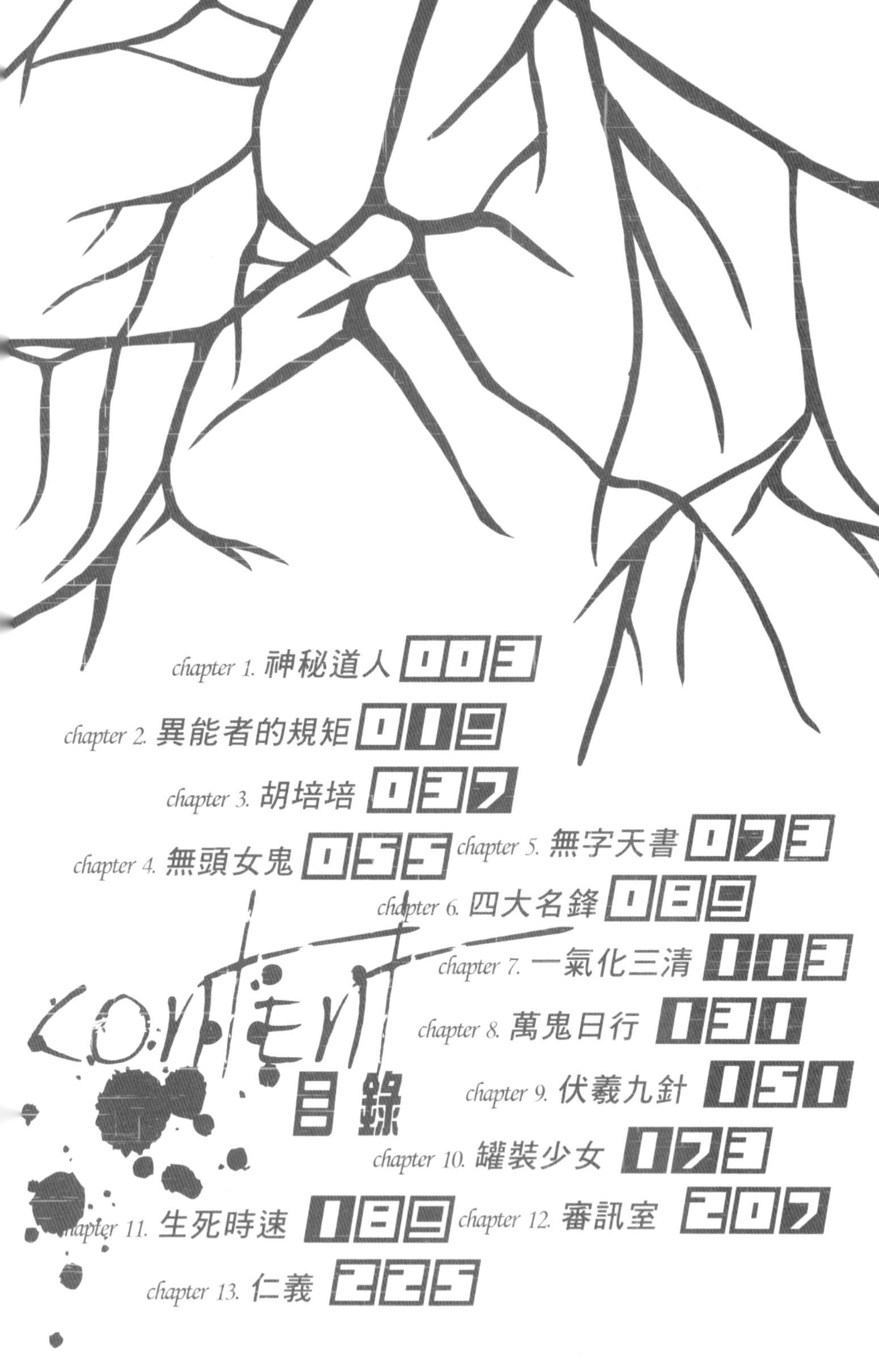

content 目錄

001 神秘道人

天空藍得如同倒懸著的海，雲朵則像一排排遠揚的帆。柿子一般的夕陽擺在地平線上，給世間萬物都鍍上了一層金色。

金秋十月，紅島市第四高中正在舉行期中考，校園靜寂得如同一副油畫似的。

龍耀坐在高二的一間教室裡，側身眺望著窗外的絢麗影色，欣賞著校園中紅豔欲滴的楓葉，下意識的長舒了一口氣。

兩個月前的一場暴雨，帶著靈種降臨到人間。靈種寄生在了龍耀的身上，讓他由一名普通的少年，一躍成為身懷異術的靈能者。這既是一種莫大的幸運，又是一種無上的悲哀。

幸運之處是他得到了超高的智慧，智商能排進歷代人類智者的前十，所有知識和技能都手到擒來，可以輕易的釋放出人類的極限能力。不幸的是他被迫捲進了玄門的戰爭之中，這是一個沒有法律約束的世界，只有一條弱肉強食的生存法則。

監考的班導師巡視過來，拿眼角稍微瞄了一眼龍耀，接著眼珠子暴突了出來，紅血絲瞬間佈滿眼眶。

班導師舉起了龍耀的試卷，忍不住大聲喝問：「龍耀，你在幹什麼？」

學生們被叫聲吸引，一起扭頭看向龍耀的試卷，發現上面乾乾淨淨的。

「老師，你太吵了！」龍耀興致索然的收回視線，淡然的說：「請保持考場安靜。」

「啊！我要被你氣死了。」班導師將試卷還給龍耀，說：「平時你不好好聽課也就罷了，怎麼連考試都不能認真一點啊？」

就在班導師唾沫橫飛的時候，校園裡駛進一輛急速的汽車。汽車急停在教學樓前的空地上，穿著商務套裝的林雨婷跳下車來，懷裡抱著一本《辭海》大小的文件夾。

林雨婷想衝進教學樓裡去，但卻被學校的保安攔住了。她只能無奈的站在樓下仰望，美眸中充滿了焦慮的神色，銀河一般的黑髮在風中飄揚著。

龍耀「嗖」的一聲站起了身來，想要下樓去看一下出了什麼事。但班導師卻按住了他的肩膀，說：「現在是考試時間，不准隨便離開教室。」

龍耀無所謂的聳了聳肩，叉開五指拂過額前的頭髮，低垂的碎髮像是過電一般，瞬間向上高昂了起來。與此同時，兩隻炯炯有神的眼睛露了出來，像是掃描儀一般的掃了一眼試卷。然後，龍耀的手急速的動了一陣，試卷上立刻填滿了答案。

龍耀伸著懶腰站起身來，說：「交卷！現在我可以離開了吧？」

班導師氣得嘴都歪向耳朵邊了，雙手不由自主的攥皺了試卷，說：「龍耀，你真想考零分嗎？」

龍耀已經走到了教室門前，手握門把回頭微笑了一下，說：「老師，妳在說什麼啊？那可是一張滿分試卷。如果妳想拿到獎金，最好把我的試卷保護好了，因為我會是全市的第一名。」

放完如此豪言，龍耀推門而去。

教室陷入了一片寂靜，所有的學生都驚呆了，因為這話完全不像龍耀說的，要知道他兩個月前還是全班的最後一名。

林雨婷坐在教學樓前的臺階上，低頭看著一排搬家的螞蟻發呆。龍耀緩步走到了她的面前，說：「助手，有什麼事需要妳跑到學校裡來？」

「不要再叫我助手了，這個稱呼實在太遜了。」林雨婷不高興的噘起了嘴，說：「有幾份緊急公文，需要總裁親自簽字，但我打手機給你，你一直沒有回應。」

「我在考試，不能開機。」龍耀聳了聳肩膀，伸手接過了文件。

經過了兩個多月的籌備和建設，龍耀和林雨婷的生物高科技公司，已經投產並取得一定效益了。

平時，公司的事務交由林雨婷打理，但一些關鍵的決策性問題，必須要經由龍耀的手才行——這是龍耀在公司成立之初，在協約裡著重強調的一條。

林雨婷遞上了十二份文件，其中有一半是英文寫成的，那是與外國公司的協議。龍耀接過這一百多頁紙，快速而平緩的翻閱了起來。

林雨婷眨巴著大而明亮的眼睛，說：「喂！你信任我嗎？」

龍耀沒有抬頭看她，只是輕輕點了點頭，說：「當然了！否則我怎麼會選擇妳作為商業合夥人。」

「那你把決策權交給我吧！那樣我就不需要來回跑了。」

「不行！」龍耀的拒絕很乾脆，沒有一點迴旋的餘地。

「為什麼啊？」林雨婷的嘴角一陣抽搐。

「因為妳太笨了。」稍微停頓了一下，龍耀又強調了幾遍，說：「太笨了！太笨了！真是太笨了……」

「喂！你說一句就夠了，用不著自帶回音吧？」林雨婷攥緊了拳頭。

「笨蛋就應該老老實實的當助手，妳想當決策者還差一萬年呢！」

「喂！請你不要再說我笨了。」林雨婷額頭的青筋綻了起來，說：「我可是從小學到高中，經歷了五次跳級的天才少女，不到二十一歲就已經拿到了麻省理工的碩士學位……」

龍耀的眉頭挑動了一下，說：「那又怎麼樣？」

「這說明我不是笨蛋啊！」

龍耀抖了抖手中的文件，說：「妳讀完這些文件用了多長時間？」

「呃！大約三個小時。」

「我用了三分鐘。」龍耀從口袋裡掏出了簽字筆，說：「所以說，學歷高並不代表能力高，高分低能的笨蛋太多了。」

林雨婷將手指插進長髮中，歇斯底里的抓撓了一番，說：「啊！氣死我了。」

「前九份文件沒有問題，後三份文件不通過。」龍耀將文件遞還林雨婷，說：「我估測還有砍價空間，妳繼續跟那些外國公司談，讓他們把價錢再降兩成。」

林雨婷驚訝的望向龍耀，說：「你不是開玩笑吧？根據我的計算，這價位已經是極限了。」

龍耀聳了聳肩膀，笑說：「所以我才說，妳是個笨蛋。」

「哼！」林雨婷把嘴噘向了一邊，收拾好了文件夾，說：「還有什麼事要我做嗎？」

龍耀點了點頭，說：「既然公司已經步入正軌，那我們也應該配上秘書了，這樣妳也可以省心不少。」

「咦！我配一個秘書，倒還可以理解。你天天待在學校裡，配秘書幹什麼啊？」

「我也很忙的，比如家庭作業什麼的。」

「公司的秘書可不是雇來做這個的。」

「這我當然知道了！所以我需要的是私人秘書，報酬由我個人支付。」

林雨婷的眼睛猛的瞪圓了，說：「私人秘書，就是天天跟在老闆身邊，陪吃、陪玩、陪睡的那種職業嗎？」

「不！不！妳說的那是三陪小姐。」龍耀趕緊糾正。

不過，林雨婷已經沉浸在自己的腦補之中，完全沒有聽到龍耀後面的話語，「不行！不行！我絕對不允許這種事情發生。」

「女人的腦袋都是怎麼長的？」龍耀無奈的聳了聳肩。

正在此時，悅耳的鈴聲在校園裡迴響了起來，教學樓裡發出暢快的歡呼聲，令人壓抑的考試終於結束了。

龍耀的同班同學交完試卷後，第一件事就是趴在窗戶後面，好奇的打量著下方的林雨婷。

林雨婷見周圍的視線越來越多，便說：「我載你回家吧！」

「不用了！我跟班長有事要辦。」龍耀抬頭望向教室的窗戶，對其中一個女孩招了招手。

葉晴雲的臉刷得紅了，頂著全班同學的目光，低著頭跑到教學樓下，對龍耀說：「不要搞得這麼引人注意啊！」

「如果妳不願意的話，那我就告辭回家了。」

龍耀作勢要上林雨婷的車，卻被葉晴雲抓住了手。

這時候，班內看熱鬧的男生起鬨了起來，有幾人甚至朝著樓下吹起了口哨，引得全樓的學生都看了過去。

葉晴雲趕緊拉住龍耀，一溜煙的逃出了學校。一口氣跑出了兩個街區，葉晴雲才放開龍耀的手，扶著一根路燈杆喘息起來。

龍耀抿了抿被風打亂的頭髮，說：「妳體力太差了。」

葉晴雲雙手叉腰，直起了身來，說：「我可是校運百米冠軍啊！」

龍耀邁步走向前方，語帶嘲諷的說：「不要以普通人的標準要求自己，他們大多數都可以享盡陽壽，而我們卻隨時可能死在陰暗的角落裡。」

一瞬間，葉晴雲的呼吸停滯了，一股涼氣縈繞在背後，長長的歎息了起來。

龍耀停在街角處，催促說：「快走！」

葉晴雲驚醒過來，著急的追了上去，說：「那不是我家的方向。」

「我知道！我要先接一個人。」

在這條街道上有一家小有名氣的糕點店，每天的糕點都會被下課的學生搶購一空。現在，店員正在跑前跑後的忙碌著，為接下來的販賣工作做著準備。

在匆忙的人影之中，一個十二歲的歐裔小女孩穩坐在櫃檯後，所有新出爐的糕點第一份都是她的。

小女孩身穿一件銀白色的束腰馬甲，肩上插著一束金色的月桂花，腰下穿著聖潔的銀色皮裙，裙襬上點綴著紫色的水晶飾品。每一片水晶都像一隻眼睛，在無情的審視著這個世界。

小女孩披散著亮銀色的長髮，額頭上戴著金色的公主頭環，頭環中央位置鑲著一塊紫水晶，水晶下有一隻影影綽綽的眼睛。女孩的眉毛細且尖長，穿過雙鬢伸向髮外。長眉下的紫色眼睛裡，閃爍著無數迷離的星光，就像夜空中的仙女座星雲一般。

這副形象像極了西方傳說中的「精靈」，可惜糕點店裡的店員想像力匱乏，都只是把她當作一個喜歡穿奇裝異服的小姑娘，一個被老闆託付在店中看管的小孩子。

而這家店的老闆嘛，自然就是——

龍耀推門走進了店裡，廳裡的員工立刻致意。

沒錯！龍耀就是這家店的老闆，他在兩個月前收購了此店，原因是莎利葉喜歡吃甜點。

莎利葉就是坐在櫃檯後的小女孩，她有著那種稀奇的外表不是偶然，因為她是傳說中的墮天使。她的使命是引導人類的靈魂，因為靈種寄生污染了亡者之靈，所以她從異世界來到了這裡，並與龍耀結成了對等的契約關係。

白天，莎利葉會獨自去調查靈種事件；夜晚，龍耀則會幫她分析所獲得的情報。兩人已經合

作了兩個月，雖然沒有取得決定性的進展，但也在穩步接近事件的真相。

龍耀一邊舉手示意員工們繼續工作，一邊吃掉了莎利葉剩下的半塊蛋糕，說：「今天，有什麼進展嗎？」

莎利葉無奈的搖了搖頭，說：「沒有！」

「慢慢來吧！接下來，我們去班長家，去看她的姑姑，也許會有什麼收穫。」龍耀道。

葉晴雲的姑姑，名叫葉可怡，也是一名靈能者，並且遠比龍耀入門早。以靈能者的等級來劃分，龍耀的等級現在是低階中的LV3，葉可怡則是接近高階的LV5。而且葉可怡是靈能者組織靈樹會的幹部，頭腦裡藏著許多靈樹會的內部秘密。

莎利葉的大眼睛眨動了兩下，瞳仁中散發出璀璨的星光，滿懷期待的說：「好啊！希望她會說一點有用的情報。」

龍耀抽出一張濕巾，給莎利葉擦了擦嘴，說：「這恐怕很難！葉可怡可是一隻老狐狸，不會輕易洩露秘密的。」

葉晴雲的嘴角抽搐了兩下，說：「麻煩你不要當我的面，說我姑姑的壞話啊！」

就在這個時候，廳裡突然傳來吵架聲，並伴隨著女孩的哭泣。

龍耀扭頭看過去，見臨窗的餐桌上，坐著兩個年輕人。這兩人都留著古怪的髮型，腦袋像被狗啃過了一樣，其中的一個人斜叼著香煙，另一個則在炫耀胸前的刺青。

桌旁蹲著一名抽泣的女服務員，因提醒店內禁止吸煙而被調戲。她旁邊的經理正在賠不是，並委婉的請兩名顧客遵守店內的規矩。

但那名小混混打扮的年輕人明顯不肯買經理的賬，甚至還提出很多過分的要求。

叼著香煙的小混混伸出一根手指，戳在經理豐盈的胸脯上，煙臭味的嘴裡還在大放著厥詞：

「知道這片地方是誰說了算嗎？叫你們老闆出來。」

龍耀不動聲色的走上前去，一把攥住對方的那根髒手指，說：「我就是這裡的老闆，請問有什麼指教？」

小混混瞪了龍耀一眼，看著他身上的校服，不相信的說：「你算哪根蔥啊？」

「嘎巴——」一聲脆響，手指彎過了九十度。龍耀臉上的表情依舊如常，小混混的臉則扭曲了。

糕點店裡一片沉寂，在場的人都被驚呆了，只有莎利葉離開了櫃檯，邁步走向大廳的玻璃門，小皮靴發出清脆的叩響。

大約過了一分鐘，小混混才反應過來，發出撕心裂肺的吼叫，「啊！我的手指斷了。」

另一個小混混驚醒了過來，如狼似虎般的撲向龍耀。但龍耀的手卻後發先至，一把扼住對方的脖子，抓著兩人摔向店門的方向。

莎利葉已經來到了門前，將兩扇玻璃門推到最大。兩個小混混橫飛到了馬路上，險些被路過的卡車輾成肉醬。

莎利葉像是沒事人一般，說：「什麼時候走啊？」

「現在就走。」龍耀拿濕巾擦了擦手，囑咐了經理兩句，邁步來到了外面的路上，踢了踢倒地的小混混，說：「你們運氣真的很好，幸虧遇到我在店裡。」

在兩個小混混不知所措的時候，莎利葉把一雙紫色的眼睛湊近，說：「如果是我出手的話，你們兩個現在早就墜入地獄了。」

兩個小混混看了莎利葉一眼，不小心與她的眼神交匯在一起。

一瞬間，一股強大的邪念湧進了小混混的頭腦中，無數只有在地獄中才能見到的景象，以幻象的形式出現在了他們的視野中。

「啊！」兩個小混混抱頭慘叫起來。

龍耀冷淡的哼一聲，跨過兩人走向前方。莎利葉則一臉的無所謂，就像踩死兩隻蟲子似的。

只有葉晴雲有些心驚膽戰，說：「龍耀，你不能對普通人使用靈能。」

「為什麼？」龍耀不以為然的問。

「這是異能者之間默認的規矩，如果大家都隨意的使用異能，會讓普通世界的制度崩潰的。」

「無聊的規矩。」龍耀聳了一下肩，又說：「那妳說該怎麼辦？」

「報警啊！」

「報警又能怎麼樣?警察最多教訓他們兩句，又不會對他們施加刑罰。到頭來，只會助長他們的氣焰，鼓勵他們再一次來店裡搗亂。」

事情的確有可能這樣發展，所以葉晴雲無言以對了。

莎利葉捋著細長的眉毛，說：「說起來，為什麼現代的法律這麼鬆懈?如果在古羅馬時代，有人膽敢碰觸自由民的胸部，會被法官判處砍手之刑的。」

「因為執掌法律量刑的是人類，是人類就無法避免徇私舞弊。在古羅馬時代，法官可以根據自己的喜好，輕易的要一個犯人的性命，所以才會有陪審團的出現，用來限制法官過大的權力。

但後來，這種限制變得越來越大，不僅在法律程序上限制，就連法律條文也被限制了。」

「所以說，現代法律的限制力變得很低了？」莎利葉撫摸著長眉，讓眉毛擺成一條直線。

「史上最低。」龍耀點著頭。

葉晴雲聽不下去了，語帶嘲弄的說：「照你們這麼說，世道都已經亂成了這個樣子，是不是會出現替天行道的人？」

葉晴雲的話音還沒有落下，忽然看到迎面走來一個人。那人頭上戴著一頂斗笠，帽沿處垂著黑幔，身上穿著一件灰色道袍，腳踩著千層底麻布鞋。

這身裝扮在現代都市裡分外扎眼，但最引人注目的還是他肩上的氅衣。明黃色的布料上寫滿紅色符篆，後背上畫著天罡地煞一百零八星，左右前襟上分別寫著一句詩號——但凡世間無仁義，人人心中有梁山。

這道人與龍耀擦肩而過時，兩人在同一時間停下腳步。

一瞬間，時間好像靜止了一般，四周的氣流都凝滯了。兩人背對背的揣測著對方，估計對方的底細和來意。四周的一切顏色都灰暗了下去，只有龍耀和道士保持著原狀。雖然兩人沒有做任何動作，但頭腦中卻旋起兩股強烈的風暴。

這段時間好像持續幾分鐘，但實際上卻不到一秒鐘。下一秒鐘，時間再開。兩人錯身而過，走向各自的目的地。

當龍耀三人轉過了街角後，道人走到兩個小混混面前，蹲身扒開了他們的眼睛。雖然別人無法感覺到，但道人卻明顯的看到了一股邪氣。

道人從腰後摸出酒葫蘆，將一口雄黃酒含在嘴裡，「咪嘛咪嘛」的唸了一陣，猛的吐在兩個人臉上。

小混混那被幻象所蒙蔽的雙眼，一瞬間又恢復了正常的視界。但剛才的地獄景象衝擊力太大，讓他們全身癱軟的躺倒在了地上。

道人望向龍耀消失的方向，喃喃自語說：「現在的年輕異能者，越來越不守規矩了，竟然召喚異界的邪神，看來有必要給予一些教訓了。」

002 異能者的規矩

葉可怡是一名資深靈能者，作為靈樹會的高級幹部，年輕時曾戰鬥在第一線。但三年前，在與枯林會的戰鬥中，她的靈脈被一名靈能者切斷了，從此落下了半身癱瘓的疾病，所以在紅島市隱居了下來。

葉可怡擁有的靈能是心靈探測，這同時帶給她高超的處世智慧，所以龍耀才會說她是「老狐狸」。

不過，龍耀並不討厭她，反而有些欽佩她。因為她身上有長輩的一切美德——智慧而不失變通，和藹而不失莊重，堅持而不失世故。

自從得到了靈能力之後，龍耀已經很少佩服人了。因為他發現那些曾經讓他佩服的人，如今都已被他遠遠的拋在身後了。唯獨葉可怡的這些品德，讓年輕的他無法企及。

龍耀從一開始就明白一件事，那就是雖然自己擁有智慧，但心智卻遠遠不夠成熟。現在的他做事易衝動，總是優先採用簡單直接的手段，如果他能擁有葉可怡那種處世手段，那面前的許多難題都會迎刃而解。

不過，心智這種東西是急不來的，這需要時間來長久的磨礪。現在的龍耀就像一塊稜角分明的堅石，而時間就像是一條川流不息的長河。時間的長河會慢慢的磨礪龍耀，讓他逐漸變得既智慧又變通。

而龍耀之所以常來看望葉可怡，一方面是希望能加速這種變化，另一方面則是葉晴雲的肯求。

因為龍耀的靈能力讓他能辨識靈氣，所以能輕鬆的掌握人體的各種穴位，無師自通便成為了一名針灸專家。龍耀接受葉晴雲的請求，用針灸術醫治葉可怡，的確取得了一些進展。但療程到達關鍵階段之時，龍耀卻發現針術無法奏效了。

葉可怡趴在一張床上，後背上插滿了針灸針。龍耀站在床邊觀察了一會兒，眼光掃描著靈脈的走向。

葉晴雲坐在床邊的椅子上，正給莎利葉削著蘋果，看著龍耀的臉色有變，便緊張的問：「出什麼事了？」

龍耀有些無奈的搖了搖頭，說：「我的治療只能到這裡了。」

「經過你這兩個月的治療，姑姑的腿已經有知覺了，為什麼要在這時候停啊？」

「最關鍵的一條靈脈，埋藏在腰椎的深處。雖然我能準確的找到，但針灸針卻無法刺到。」

「為什麼啊？」葉晴雲一臉的茫然道。

葉可怡擦了擦額頭上的汗滴，眼鏡上閃爍著智慧的光，說：「針石之不所及也。」

龍耀伸手撫過葉可怡的後背，五指瞬間夾下了所有的針灸針，說：「對！就像古醫書上所說的，有些部位是針石之力無法到達的。」

葉晴雲聽到這種消息，急得眼淚都要湧出來，著急的搶話說：「可是我聽說過一些醫學故事，說是針灸針連心臟都能針到啊！」

龍耀捏下巴思索著，「我也聽過這種傳說，不過那可能需要特殊的針。」

一提到特殊的針灸針，龍耀馬上想起一個人，那就是古董店的老周。他在古董行裡有許多門路，也許真能找到傳說中的奇針，而且如果真能得到那種針的話，對自己提升實力也是一大助益。

想到這裡，龍耀立刻掏出電話，把需求告訴了老周。

老周答應替龍耀尋找，但十分明確的說：「謀事在人，成事在天，我不能做出任何保證。」

「盡人事，聽天命！」龍耀回覆道。

葉晴雲抓住龍耀的手，說：「無論如何，你一定要救我姑姑啊！」

龍耀拍了拍葉晴雲的肩膀，示意她幫葉可怡整理一下。不一會兒，葉可怡收拾好了衣裝，坐到了書桌旁的輪椅上，又恢復了博學的女長者姿態。

龍耀喝了兩口紅茶，說：「我想問妳一點事，剛才我遇到一名奇怪的道士，他身上帶有強大的氣息。」

葉可怡的眉頭皺了一下，「你能確定他是靈能者嗎？」

龍耀輕輕的搖了搖頭：「不能！但就算他不是靈能者，也跟靈能者相差不遠，總之絕對不是普通人。」

葉可怡倒抽了一口冷氣：「那可能是修真者。」

在這個網路時代裡，對於修真者這個名詞，龍耀感覺並不陌生。他已經在數百本小說中，見識過這種人的神通了。修真源於道家理論，意為去偽存真，求得真我。修真的源頭可以追溯到唐末五代，以道教內丹一派的崛起為契機。

不過，在現實之中遇到修真者，龍耀還是感覺挺怪異的。

龍耀觀察著葉可怡的臉色，發現她露出了少有的驚慌，便說：「有什麼問題嗎？」

葉可怡長舒了一口氣，說：「可能會有很大的問題，現代的修真者都是隱士，只有一種人會入世行走。」

「哪種人？」

「持戒者。」

「什麼意思？」

「世界上的玄門豈止千百，異能者更是多不勝數。你有沒有想過為什麼在普通世界裡，很少會看見到或聽說超自然事件？」

龍耀的眉頭輕皺了起來，說：「為什麼？」

「因為有持戒者。」

「直接一點，什麼是持戒者？」

「所謂的持戒者，就是持有玄門戒律的人，對違反戒律的人會給予無情的懲罰。戒律是世界各大玄門共同定下的，其中第一條規矩就是嚴禁向普通人使用或暴露異能。」

龍耀回憶了一下，在那道士出現前，自己的確對小混混使用異能，而且莎利葉還補了一記邪眼。

「持戒者來自什麼門派？」龍耀問。

「沒有特定的門派，是從玄門各派中推舉出來的。」

「這麼說，靈樹會中也有持戒者？」

「對。」

「那靈種戰爭時，全市的平民都被牽扯進去，為什麼不見持戒者的出現？」

「持戒者的人數很少，且大都負有特殊使命，所以反應會比較慢。」

「哼，官僚主義害死人啊！」龍耀揶揄道。

看到龍耀漫不經心的樣子，葉可怡有些擔憂的說：「你可要小心一點！那道人很可能會懷疑你是靈種戰爭的肇事者。」

「那妳們不會被懷疑嗎？」

「我們都是靈樹會的成員，有正當使用靈能的權利。」葉可怡說。

葉晴雲眨了眨眼睛，又一次向龍耀建議：「龍耀，加入靈樹會吧！」

龍耀輕輕的擺了擺手，說：「我已經說過很多次了，我只堅持自己的正義，不會加入任何組織。」

「可是——」

見葉晴雲還要繼續勸說，龍耀便拉起貪吃的莎利葉，說：「今天就到這裡吧！我們先告辭了。」

看到龍耀和莎利葉離開，葉晴雲的眼眶裡浸滿了淚，葉可怡也只能無奈的歎息。

龍耀和莎利葉乘計程車回家，路過鐵路旁的便利店廢墟時，兩人一起下車祭奠了一會兒。這裡是龍耀第一次用智慧殺人的地方，被殺的人是他視如親人的一對夫婦，那兩個人也是靈能者，但卻被枯林會的人威脅，四處獵殺其他的靈能者。兩人最終遇到了龍耀，被龍耀以智謀打敗。

過去那家充滿溫馨感的小店，如今已經被戰火吞噬掉了，只留下一堆黑忽忽的灰燼。

龍耀沉默了一會兒，說：「我要重建便利店，建得跟以前一樣。」

莎利葉聳了聳肩膀，說：「這會吸引枯林會的目光，你做好迎戰的準備了嗎？」

「不是有妳在我身邊嘛！」

「我也不是萬能的。」

雖然莎利葉這麼說，但龍耀沒放在心上。他感覺與莎利葉簽訂契約，是目前自己最大的優勢。因為莎利葉是神話中的墮天使，有著遠超人類的力量和知識，應該沒有幾個人能跟她作對。

但莎利葉卻總是懷帶著一絲隱憂，經常催促龍耀增強自己的力量。

經過便利店廢墟前的大路，再跨過一條老舊的鐵路，前面有一片城中的小樹林。這裡就是龍耀的秘密訓練場，莎利葉每天都會教授古代的魔法訓練法，而龍耀則舉一反三用來修行靈能。

傳授完今天的課程後，莎利葉留下打坐的龍耀，自己溜達著去買零食了。

龍耀盤腿席地坐在林中，感受著天地之間的靈氣，打開身體上的幾條靈脈，試著將氣導引進體內。

這是龍耀自創的一種靈能術法，是從另外兩種術法中推演出來的。那兩種術法分別是葉可怡贈送給龍耀的靈訣——「奪天地一氣」，以及莎利葉傳授給他的黑魔法饑餓訓練法。

龍耀憑著過人的領悟力，將兩種術法融合在一起，創造了這種外氣內用之術。

就在龍耀小心翼翼的導氣之時，忽然感覺到了手中有一絲悸動。一道無形的鎖鏈飄忽著浮現出來，這是連接龍耀和莎利葉的契約之鏈，這條鎖鏈會將兩人的力量和傷痛分享。

手心中的這份感覺，表示莎利葉那邊出事情了。龍耀飛身躍向鎖鏈的方向，同時感到痛感不斷的加劇。

當龍耀奔出小樹林的時候，正趕上看莎利葉的最後一面。平時優雅美麗的墮天使，如今像棉花團似的捲曲著，化成飄在半空中的一團白氣，搖晃著縮進了一只葫蘆裡。

「封妖鎖魔，邪道退散！」老道士唸了一句偈語，將瓶塞堵在了葫蘆上。

這個老道士不是別人，正是今天遇到的那位。

龍耀驚訝的站在原地動不了了，兩條腿不由自主的顫抖起來。龍耀原本以為莎利葉的強，在人間界是不容置疑的。他萬萬沒有想到天外有天，這老道士的道行竟然如此之高，不動聲色的就把莎利葉封印了，甚至沒有給她掙扎的機會。

老道士轉頭盯著龍耀看了一眼，瞧出了他心中的膽怯之情，便說：「年輕人，你不用害怕。我知道你是靈能者，念你年紀尚輕，不懂得玄門規矩，這次就放過你了。至於葫蘆裡的這個邪神，貧道就收她回去煉化了。」

老道士將葫蘆紮到腰間，腳下升起一道白色的霧氣，飄飄搖搖的消失在了空氣中。

龍耀仍然處於震驚之中，頭腦還沒有恢復思考能力。此刻他的腦袋裡正在放幻燈片，一排排支離破碎的字詞，像是俄羅斯方塊般的不斷下落，將他那僵硬的大腦堆疊得滿滿的。

「太強了！」「天外有天！」「修真者！」「持戒者！」「莎利葉被抓了！」「我能做些什麼？」「我比莎利葉還弱！」「我連一招都過不了！」「我應該跟上去嗎？」「我會不會死在這裡？」「好害怕！」「腦袋好痛！」「胸口發悶！」「心跳在加速！」「不能呼吸了！」

這些詞語就像從天而降的隕石，不僅砸垮了龍耀的自信，更壓倒了他的身體。龍耀「撲通」一聲跪倒在地，雙掌拍打在了尖銳的石頭上，鮮血就像紅色的花瓣飛濺了起來。

尖銳的痛感刺激了龍耀，讓他的恐懼消減了幾分。與此同時，這些血讓他回憶起與莎利葉的初識，當時他正處於命懸一線的危機時刻，脖子裡濺出的血水比此時更多更濃，那時多虧了莎利葉及時的出手，才將他的性命從地獄邊緣挽救回來。

而如今，莎利葉遇到了危險，自己竟然害怕起來，龍耀突然感覺到一股難抑的慚愧，太有失自己的智者風範了。

龍耀深吸了一口氣，嘴角扭曲的咧開了，「哈哈！哈哈！哈哈……」

他仰天向著天空大笑起來，這笑聲通暢了他的呼吸道，更喚回了心中那份自信。

「我的東西，是你想奪，就可以奪走的嗎？」龍耀猛的揮出了右手五指，五條龍涎絲激射而出，像是五條鋒利的箭矢似的。

「啪啪啪——」龍涎絲射進了白霧之中，釘在了老道士的身上。

龍耀向著身後一轉，將龍涎絲向後一拖，竟將老道士從白霧中拖了出來。

老道士本想藉霧氣遁走，以顯示一下高人的風範，可沒想到竟然會遇到這種事，狼狽的摔倒在了泥土地上。

但這只是龍耀的運氣和道士的大意，兩相結合之下才出現的「奇蹟」，根本不能弭平龍耀和道士間的實力差距。

因為道士有著完全的自信，所以並沒有因出醜而暴怒，反而滿是讚歎的看著龍耀，說：「後生可畏啊！看你年紀輕輕，竟有如此膽色。雖然你我不是同門，但同歸東方玄門之列，貧道也有幾份暗喜。」

龍耀不願意聽他廢話，指著那只封印葫蘆，說：「把人還回來。」

老道士搖了搖頭：「少年郎，你既然身為東方玄門之人，為什麼要與西方邪神結伴？」

龍耀的眼睛一凜，說：「我要與誰在一起，這是我的自由，誰也別想干涉。」

老道士抖了抖袍袖，面前的黑紗一陣顫抖，「哼！冥頑不靈。看來貧道有必要出手，管教一下晚輩了。」

話言未落，老道士的身影已經躍近，這一招猶如奔馬越澗，其速度大出龍耀所料，還沒有來得及做出反應，胸口已經結結實實的挨了一掌。

下一秒鐘，龍耀凌空飛摔了出去，後背重重的撞在樹上，同時喉頭傳來一陣鹹意，「噗」的噴出了一口血箭。

「哼！貧道只用了兩成功力，如何？」老道士問。

龍耀從袖口裡抽出針灸針，「啪啪」兩下封住了胸前的穴眼，翻湧的五臟立刻鎮定住了。

龍耀臉上掛著輕蔑的笑容，向著道士比出一根中指，說：「就僅僅如此嗎？」

見龍耀如此的不敬，老道士有些惱怒了，故技重施又來了一招，但這次是五成的功力。

老道的身形勢如奔馬，瞬間來到龍耀的面前，右掌排山倒海般的探出，直取胸前的要害部位。

但這一次卻沒有奏效，龍耀竟然扭腰閃避開了。老道士在驚訝之餘，沒有收住拍出的手，一掌擊碎了後面的大樹。

龍耀在扭腰之後轉身，右手猛的抓在道士掌上：「奪天地一氣。」

「嗖——」周圍的氣流忽然大變，所有的靈氣都流向龍耀，道士的掌氣也是一樣。

龍耀的右手抓住了道士的掌氣，再結合上吸收到的天地之氣，回手拍擊在了他的前心之上。

這一掌，老道士用了五成功力，再加入龍耀吸到的氣，差不多有他七成的功力了。龍耀一掌擊中對方沒有防備的前心，老道士頓時噴血向後飛退了起來。

老道士有豐富的戰鬥經驗，即使是中了對手的猛招，也知道怎麼樣減少傷害。他向後飛退的身形，猶如攀枝跳澗的長臂猿一般，這正是道家上乘的卸勁之術。

但讓他沒有想到的是，龍耀竟然早有準備了。在他拔腿要向後退的時候，忽然感覺腳踝被捆住了。原來龍耀早在地上埋好了龍涎絲，就等著他出招衝鋒時自投羅網。

這道士的卸勁身法失敗了，胸口全收了這番重擊，五臟翻江倒海似的一陣搖晃，一口鮮血從咽喉中直湧了出來。

龍耀知道這一招能夠奏效，多半要歸功於道士輕敵。如果讓他認真起來的話，自己必定是凶多吉少。所以龍耀的策略就是，在取得稍許優勢之後，就全力壓制到最後。

趁道士還沒有起身回氣，龍耀又是一腳踩中對手，接著抓緊手中的龍涎絲，轉身跑向了鐵路的方向，像是老牛拉犁似的拖著老道士。

但老道士也不是泛泛之輩，出手點住了胸前的幾個大穴，接著一記手刀切斷了腳上的龍涎絲。

老道士一個鯉魚打挺站了起來，像是一頭憤怒的獅子似的撲向龍耀。但耳邊忽然傳來了汽笛聲，一輛貨運火車從側邊猛的撞了過來。

老道士這時候才注意到周邊環境，原來自己被龍耀拖到了鐵路上。但高人始終是高人，老道士並沒有著急，只把雙腳踩了幾個卦符，身子便「嗖」的化成一股霧。

火車呼嘯著衝過去之後，老道士已經站到了鐵路後，抬眼看向站在另一邊的龍耀。龍耀挺直了腰，前伸的右手裡懸著一根龍涎絲，絲線的下方懸釣著一只葫蘆。

老道士驚訝的摸向腰間，發現封印葫蘆已經不見了。

兩人怔怔的對視了一會兒，老道士忽然放聲大笑起來，「哈哈！哈哈！哈哈！自古英雄出少年啊！我原本以為你被憤怒沖昏了頭腦，是抱著要殺死我的目的而跟我交手，可沒想到你的目的一直就在葫蘆上面。」

「知人者智，自知者明。我還沒有愚蠢到以為可以打倒你的地步。」龍耀說。

「那你現在為什麼不跑？難道不怕我追過去嗎？」

「我們倆鬧得動靜已經夠大了，很快就會有鐵路警察過來，你不會是想在警察面前動手吧？」

「連這一點都計算到了嗎？雖然我們第一次見面時，貧道就給你很高的評價，但現在看來還是低估你了。」

「前輩過獎了！您今天的超凡身手，才讓晚輩大開眼界。原本還以為我與莎利葉在一起，就可以戰勝世上的一切敵人了，現在看來我只是一隻井底之蛙。」

與龍耀推測的一樣，警察果然反應很快，警車的警笛聲已經傳來了。

老道士凝視著龍耀，說：「少年郎，留下你的姓名。」

「龍耀！前輩的尊姓大名呢？」

「貧道清游真人李洞旋，後會有期了。」老道士又踏了一個卦步，身體化霧遁向了遠方。

這一次龍耀沒有用龍涎絲拉他，因為他已經連站的力氣都沒了。

龍耀坐在鐵路邊休息了半天，才有氣力去擰那個葫蘆塞。但他馬上發現事情沒那麼簡單，那

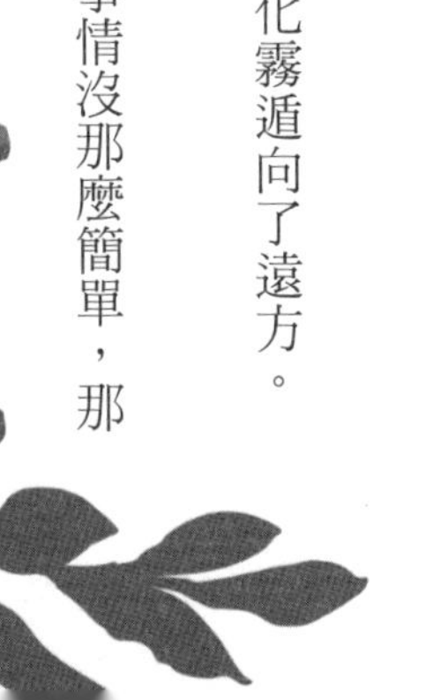

葫蘆塞就像長在葫蘆上一般，擰上去連一點鬆動的樣子都沒有。

龍耀又抱著葫蘆向地上砸了兩下，地上的水泥板應聲碎成了幾塊，而葫蘆卻連一絲皮都沒有磨破。

道家的封印果然沒那麼容易破解，龍耀又一次感覺到自己的天真。

就在這個時候，手機鈴聲響了起來，是他的媽媽沈麗打來的。沈麗要龍耀去一趟市立醫院，去把剛辦好領養手續的養女接來。

這位養女不是別人，正是便利店老闆夫婦的女兒。便利店老闆在臨終之時，將女兒託付給龍耀，因為只有龍耀才能保護她。龍耀則讓他寫一份遺囑，將女兒交由沈麗收養。

便利店老闆的父母健在，一開始並不想將孫女交出，但兩人始終是上了年紀的人，而且還因便利店的火災而受傷，猶豫拖延了兩個月之久，才終於肯將手續辦理完。

龍耀來到醫院前的時候，小女孩已經等在那裡了。因為爺爺奶奶不忍看到分離的場景，所以二位老人已經回到病房中了。

小女孩名字叫艾憐，今年才上國小二年級。艾憐懷抱著一隻布偶熊，頭上紮著兩隻小馬尾，就像是童話世界裡的公主一般。她對於死亡這種事還沒有很多瞭解，只知道父母去了很遠的地方，以後恐怕很難有機會見面了。

看到龍耀由遠及近，她小跑著撲了上來，說：「龍耀哥哥——啊！」

當看清龍耀臉上的血後，艾憐被嚇得不能動彈了。

龍耀拍了拍身上的塵土，勉強擠出一個笑容，說：「來！憐兒，跟哥哥回家吧！」

「哦！」艾憐怯怯的答應著，問說：「哥哥，你怎麼了，摔倒了嗎？」

「對！摔了一個很慘的跟頭。」龍耀看了看手中葫蘆，又無奈的垂下了手去。

龍耀叫了一輛計程車，但還沒有走出太遠，艾憐突然要求停車。龍耀正想問為什麼，忽然看到艾憐哭了。龍耀順著艾憐的視線望出，又一次看到了便利店的廢墟。

龍耀和艾憐就在這裡下了車，怔怔的站在廢墟前默哀起來。

就在一個小時前，龍耀也在這片廢墟前佇立過，但那時卻跟莎利葉在一起。想到莎利葉被封印時的情景，龍耀不由自主的攥緊了手，在心中暗暗的發下一個誓言：「我一定要讓自己變強，強到足以保護身邊的每一個人。」

「哥哥，艾憐的手好痛。」艾憐搖晃著嫩白的小手。

「哦！對不起。」龍耀深吸了一口氣，看到夜幕已經來臨，便說：「我們回家吧！」

003 胡培培

渾渾噩噩的暮靄，再配上淒涼的廢墟，眼前的景象悲慘異常。為了避免艾憐觸景生情，龍耀決定要帶她離開了。

可忽然間，四周的燈光大亮，將兩人照在中央。一群騎著摩托車的年輕人，像是瘋狗似的怪叫著，騎著機車繞著兩人轉圈。

艾憐被嚇得全身發抖，躲進了龍耀的懷抱裡。龍耀蹲身抱住了艾憐，冷靜的觀察著四周的情況。機車在旋轉了十幾圈之後，分成兩列如雁翼般散開，中間出現了一輛重型機車。

那輛機車上坐著一個高大的男人，胸前裸露著兩塊結實的胸肌。後面還坐著一個高中女生，竟然穿著與龍耀一樣的校服。兩個人都戴著黑色的頭盔，猶如從地獄歸來的黑騎士。

沉默了一會兒，騎車的男人摘下了頭盔，露出了一張讓人驚訝的臉。

「啊！」龍耀在一瞬間停止了呼吸，因為那竟然是便利店老闆的相貌。

可馬上有一句輕柔的聲音響起，將龍耀從震驚之中喚醒過來。

「叔叔！」艾憐叫喚。

「嗯？」龍耀回過了神來，再仔細看向來者，這人的確比較年輕，大約只有二十多歲。

艾威抬起露指的皮手套，狂妄的指向了龍耀，說：「小子，你要把我侄女帶到哪去？」

龍耀直起了身來，說：「她現在已經是我的妹妹了。收養的手續已經辦妥，你有什麼問題，可以去詢問你的父母。」

「廢話！我就是從醫院過來的。」

原來艾威去醫院探望父母，看到艾憐已經被人領走了，所以才糾集一群小弟追來。

「你想怎麼樣？」龍耀問。

「艾憐是我們艾家的人，就算我大哥和嫂子死了，那也應該由我來收養。」艾威說。

龍耀上下打量了一陣，說：「你想怎麼收養她，讓她跟你一樣成為小混混嗎？」

艾威的臉頓時漲得通紅，他雖是這一帶有名的混混，但卻不願意在侄女面前丟臉。

就在這個時候，兩名小混混鬼鬼祟祟的靠近，在艾威耳邊竊竊私語了一陣。龍耀認識這兩個小混混，正是在糕點店鬧事的兩人。

艾威瞪圓了雙眼，說：「好啊！我原本還以為你只是一個普通學生，沒想到還打過我的小弟，現在又想搶走我的侄女，看來我倆真是冤家路窄啊！」

艾憐左右望著艾威和龍耀，急得眼淚嘩嘩直流，說：「叔叔，不要打架。爸爸跟你說過，你難道忘掉了嗎？」

「小孩子不懂，給我站一邊去。」艾威呵斥住了艾憐，又把手指向了龍耀，說：「小子，把我的侄女留下，今天就放你一馬，否則……」

龍耀擦了擦嘴角的傷痕，破裂的嘴角處還留有餘痛，這讓他更堅定了信念，說：「今天，誰也別想再讓我放手。」

「你找死！」艾威憤怒的大喝一聲，也顧不得侄女在看了，指揮著小弟們衝了上去。

下午的兩個小混混，仗著人多勢眾的優勢，衝在隊伍的最前面，揮著球棒砸向龍耀。

龍耀鎮定的站在原地，在球棒臨頭的一瞬間，他飛起一腳踢了出去，這一腿直奔咽喉要害，直踢得對方吐血飛退。

龍耀揚手抓住了拋起的球棒，揮舞著砸向了衝近的機車。

「啪啪啪——」一陣劇烈的破碎聲發出，機車和騎手都應聲飛起，橫七豎八的躺倒在公路上，四周一片破碎的玻璃和零件。在後面的小混混被震懾住了，慌張的煞車撞倒在了一起。

龍耀垂下青筋亂綻的左手，用沾血的球棒輕擊著路面，發出喪鐘一般的叩響聲。這聲音雖然很小，但卻震痛了每一個人的耳膜。

一個小混混爬到艾威車旁，說：「大哥，這傢伙是個瘋子啊！每一下都往死裡打，這可是會鬧出人命的。」

「呵呵！」龍耀冷笑了一陣，說：「連死的覺悟都沒有，也敢出來混嗎？我勸你們還是乖乖回家吧，頭腦好的去學點技術，身體好的去做點工，這樣也好對得起你們的父母。」

「臭小子，你不要猖狂。」艾威將後座的女孩抱下，攥緊油門撞向了龍耀。

龍耀右手牽著艾憐，左手舉球棒捅向車燈。「啪」的一聲脆響之中，球棒插進了車燈裡面。

「啊！」龍耀低吼了一聲，「奪天地一氣」的靈訣發動了。四周的靈氣頓時飛旋了過去，嘯叫的風將龍耀的頭髮掀起，露出一雙放射著寒光的雙眼。

龍耀將靈氣集中到右臂上，手臂肌肉立刻脹了兩倍，以霸王舉鼎之勢舉起了機車。

小混混們都被嚇傻了，有些都癱倒在地上尿褲子了。

艾威被舉到了半空中，眼神中起初是驚訝，接著又換成了狂熱，「嘿嘿！看來今天真是棋逢敵手啊！」

艾威突然從機車上躍下，揮拳直砸向龍耀的頭頂。龍耀的眉頭突然皺緊了起來，感覺這一拳的氣息不對，這不像是普通人能發出的氣息，看來這個艾威也是玄門中人。

一瞬間，龍耀感覺到了死亡的威脅，身體本能的做出了反應。三根針灸針從衣袖中彈出，夾在了龍耀左手的指縫間，準備對艾威的太陽穴施以致命一擊。

就在這千鈞一髮的時刻，原本坐在後座的女孩，大喊說：「艾威，快住手，你會死的。」

那女孩踏了一個奇怪的步伐，如幻影一般的飄到了近前，將半空中的艾威拉了下來。

下一秒鐘，機車摔碎在了公路上，艾威跌落在了機車旁，女孩站在龍耀的面前。龍耀一手下垂拉著艾憐，一手上舉夾著三根針灸針，針尖閃爍著致命的寒光。

龍耀注視著戴頭盔的女孩，突然想起了剛才的步伐，跟老道士的如出一轍。

女孩從龍耀的眼神之中，覺察到自己的身份暴露了，趕緊吆喝艾威帶人離開了。

龍耀彈動了一下手指，針灸針退回了衣袖中，「哼！今天真是奇遇不斷啊！」

艾憐緊緊的抓著龍耀，說：「哥哥，我想問你一件事。」

「問吧！」龍耀蹲身抱起艾憐，抱著她走向了新家。

「在我父母死亡的那晚上，有人來過我的房間裡，那人的身影跟你好像……」艾憐說到這裡停下了，打量了一下龍耀的表情，又說：「你跟我父母的死有沒有關係？」

龍耀咬緊了下唇，思考了一會兒，說：「有。」

艾憐嬌小的身軀一震：「有什麼關係。」

龍耀抬頭望向夜空，說：「一些很複雜的關係，說了妳也不會懂。」

「可我想知道。」

「這樣吧！等妳十六歲生日時，我會告訴妳全部事情。」

「那不是要等很久？」

「呵呵！其實也不長，眨眼就到了。」

龍耀抱著艾憐回家之時，沈麗早就守在了餐桌旁。為了給新來的家庭成員接風洗塵，這頓菜可花費了她不少心思。

沈麗依舊穿著白大衣，戴著紅色的板框眼鏡，邊吃邊安慰著艾憐，希望她能習慣新環境。但是吃了一會兒後，沈麗突然發覺有些不對，看向怏怏不樂的龍耀，問：「咦！那個小洋妞呢？」

「呃！莎利葉去朋友家，今晚不回來過夜了。」龍耀撒了一個謊。

艾憐望了望龍耀，又看向了沈麗，問：「莎利葉是誰？」

「哈！是妳姐姐。」沈麗頓了一下，又補充說：「可能還會成為妳嫂子。」

「媽，不要胡說。」龍耀胡亂的吃了幾口，便提著葫蘆去書房了。

龍耀先是習慣性的打開電腦，搜索了一下道家的封印資料，但沒有發現可用的情報。接著，龍耀撥通了葉可怡的電話，將傍晚的事大體的說了一下，並詢問她能否解開道家的封印。

葉可怡坦承自己無能為力，但卻告訴了他一個有用的情報。

「道門的封印術是通用的，只要找一個道門中人，就能打開封印葫蘆了。」

龍耀掛掉電話後，一直回想著那句話，忽然想起了跟艾威一起的女孩。她的步法跟李洞旋是一脈相承，很可能也是懂道術的修真者。

想到這裡，龍耀又恢復了幾分信心，仰躺在電腦椅上思索著，該怎麼樣找到那個女孩。

時間不知不覺的流過，忽然書房的門打開了，艾憐小心的探進頭來，說：「哥哥，我要睡覺了。」

「好！」龍耀隨便答應了一聲，但發現小丫頭沒有離開，依然站在門前瞪眼看著。

「你能講故事給我聽嗎？」艾憐怯怯的問。

「啊？」

「睡前故事，爸爸每晚都會給我講的。」

「哦！這樣啊！那我來吧。」

龍耀給艾憐講了一個天使的故事，然後看著小丫頭靜靜的入睡，自己便守在床頭繼續思索著，「看來得麻煩班長了。」

第二天，葉晴雲作為學生會的值日生，提前一個小時就來到了學校，但她卻驚訝的發現龍耀到的更早，正站在校門前靜靜的等待著她。

「班長，我有事請妳幫忙。」龍耀說。

「莎利葉的事嗎？」葉晴雲已經聽姑姑說過了。

「對！我已經遇到了懂道術的人，但需要妳幫我把她找出來。」

「要怎麼做啊？」

「那人是我們學校的，我描述一下外表特徵，妳把她的名字告訴我。」龍耀閉上眼睛回憶了一下，腦海中的記憶如怒濤般的激蕩，昨晚的景象被完整的還原了出來，說：「身高：一六〇公分，體重：四十五公斤，三圍：75、66、85，皮膚白皙，四肢有力，本地口音，嗓音沙啞，語調遲緩……」

葉晴雲驚訝的看著龍耀，急問：「這些你是怎麼知道的？」

龍耀很不悅的睜開了眼睛，說：「不要打擾我回憶。」

「哦！對不起。」

龍耀又思考了一會兒，補充說：「我想她的成績不會很好，因為她給我一種笨蛋的感覺。」

「啊！笨蛋？」

「對！她絕對是個笨蛋。雖然沒有什麼依據，但我相信這份直覺。」

「一個笨蛋修真者嗎？」葉晴雲捏著下巴思考了一下，說：「我可以幫你去查查體檢表，也許能找到數據對應的人。」

「我和妳一起去。」

葉晴雲帶著龍耀進入學生會，通過網路進入學校資料庫，但沒想到資料庫是加密的。

「只能等老師來了，去向他問密碼了。」葉晴雲無奈的搖著頭。

「沒那麼多時間了。讓開——」龍耀坐到電腦前，雙手按在鍵盤上。

激躍的靈氣噴湧而出，沿著十指進入了電腦中。寄宿在電腦裡的靈氣被牽引著，自動遵從龍耀的意志，開始破譯起了資料庫的密碼。

由「0」和「1」組成的數據線，如細雨似的一排排的劃過，很快整個顯示屏都佈滿了數字線。電腦的CPU瘋狂的運算了起來，機箱後的風扇發出一陣尖嘯。

十分鐘後，數字線的速度逐漸變慢了下來，其中的一條最後停在了正中，而其餘的都破碎消失掉了。

「嗶——」

一聲警報解除的聲音過後，學校的資料庫被打開了。裡面的許多秘密被展現了再來，包括學校的金融賬目、教師獎金等，不過龍耀沒有興趣看這些東西，他直接找到了女生體檢表，從裡面找到十個數據比較接近的。

然後，經過一連串的排查之後，找到一名最為切合的。

「胡培培。」龍耀看了一眼姓名，扭頭問：「妳認識這個人嗎？」

葉晴雲點了點頭，說：「她是全校缺課率最高的學生，是老師眼中的問題學生。」

「在哪可以找到她？」

「聽說，她經常在上課時間，去附近的遊戲廳玩。」

「瞭解了。」龍耀站起身來。

葉晴雲趕緊說：「你可要小心一點，她常和流氓混在一起，還有傳言說她援交。」

「放心！我不會有事的。」

「不！我是擔心流氓們有事，你可別再像昨天那樣，隨便對普通人使用異能。」

「我儘量避免吧！」龍耀打開門的時候，又說：「替我請一天假。」

龍耀離開學校後，徑直來到遊戲廳。站在遊戲廳的玻璃門前，龍耀打開了第六感，捕捉裡面的靈氣。忽然，一絲熟悉的氣息傳來，胡培培果然躲在裡面。

胡培培坐在一台拳皇街機後，搖晃著身子爽快的遊戲著。對面的挑戰者換了一個又一個，竟然沒有一人能勝她一局，看來笨蛋也有自己精通的領域。

「唉！一個能打的都沒有嗎？」胡培培百無聊賴的歎息了一聲，這嗓音更印證了龍耀的推測。

龍耀拿起一枚遊戲幣，投進了對面的街機裡。胡培培依然沒有在意，以為還是那些普通貨色，懶懶散散的開始應戰了。

奈落落＋重拳＋轟斧陽＋PowerMax發動＋奈落落＋重拳＋鬼燒＋荒咬＋毒咬＋七拾五式．改＋轢鐵＋MAX大蛇薙＋荒咬＋八錆＋砌穿。

冗長但卻犀利的一套連招，將幾乎滿血的胡培培打死了。胡培培望著螢幕發了一陣呆，又不服氣的投進一枚遊戲幣，抖擻精神準備拿出全力應戰了。

跳重腳＋輕拳＋重拳＋八拾八式＋PowerMax發動＋奈落落＋重拳＋鬼燒＋毒咬＋七拾五式．改＋轢鐵＋荒咬＋九傷＋毒咬＋罪詠＋轢鐵＋大蛇薙。

又是一套難度極高的連招，輕鬆的將胡培培再次擊敗。胡培培接二連三的向街機投幣，可還是改變不了失敗的命運。

有一瞬間，胡培培甚至感覺對手不是一個人類，而是一套能完美連招的電腦AI，她實在難以想像會有這麼強的人。

胡培培「噌」的一聲站起來，繞過街機走向對面的玩家，赫然看到一臉冷漠的龍耀。

「啊！昨晚的人——」胡培培大吃了一驚。

「胡培培，我有事請妳幫忙。」龍耀摸向身後的包包，裡面裝著那只葫蘆。

可龍耀還沒來得及說明來意，胡培培便跑出了遊戲廳。她在街道上飛奔了一會兒，又扭頭鑽進了小巷之中，躲在角落裡窺視了好一會兒，才安心的吐出一口氣來。

胡培培也不明白為什麼自己要跑，可能是因為她感覺到了壓迫，就像李洞旋對龍耀的壓迫一般。

劇烈的喘息了一會兒，胡培培想轉身離開。可在轉過身來的一瞬間，忽然看到龍耀站在身後。

「啊！」胡培培像見了鬼似的，張嘴就要大叫出來了。

龍耀一把扼住了她的脖子，將她壓制在了牆壁上，問：「妳是道門中人嗎？」

「咳——咳——」胡培培艱難的咳嗽了兩聲，用眼神表示了肯定的意思。

龍耀將背後的包打開，取出了那只封印葫蘆，說：「認識這東西嗎？」

胡培培的眼睛頓時瞪圓了，接到手中仔細的端詳起來。

趁這個機會，龍耀也觀察了一下胡培培，總體來說這女孩還算漂亮，不過因為梳著非主流的髮型，再加上身上的混混氣息的打扮，掩蓋了青春少女該有的氣息。她的眼睛本來很水靈，但現在卻被煙燻妝給毀掉了，嘴巴小巧玲瓏而且輕薄，但卻塗了一層油膩的黑唇膏。

這女孩的身材也不算是很差，胸部以下的曲線玲瓏有致，不過胸部卻是平得有些過分，像是冬天結冰的湖面一般，龍耀甚至覺得艾憐都要比她有料。

「這個葫蘆是你的嗎？」胡培培問。

「不是！但葫蘆裡有我的東西。」龍耀說。

「那你想讓我做什麼？」

「幫我打開葫蘆上的封印。」

「這葫蘆是道家極高的寶物，以我的道行怕是參不透玄機。」

「葫蘆上的封印是倉促之間進行的，我聽說只要是懂道術的人都能打開。」

胡培培再次檢查了一遍葫蘆口，點頭說：「真的是啊！不過，此人擁有這種等級的寶物，為什麼不施加高等封印呢？」

「妳果然是個笨蛋。」龍耀搖了搖頭，說：「葫蘆在我的手中，不就是答案嗎？」

「你的意思是說，他還來不及施法，就被你奪過來了？」胡培培驚訝的看了龍耀一眼，說：

「你究竟是什麼人？」

「江湖上的事，知道的越少越安全，妳最好不要再打聽了。」

「我幫你打開葫蘆，有什麼好處嗎？」

「葫蘆就送給妳了。」龍耀借花獻佛。

胡培培捏著下巴思考了一陣，說：「這交易還算不錯。」

龍耀的臉上沒有任何表情，只有內心中暗暗的歎說：「果然是個笨蛋！像這種贓物也敢收，不怕老道士找上門來嗎？」

胡培培把葫蘆抓在手中，說：「你跟我來吧！」

「去哪？」

「我的秘密基地。」

兩人乘上計程車來到市郊，停在一家門可羅雀的酒吧前。這酒吧看起來就像被颱風襲擊過似的，門上的霓虹燈缺了三分之一，帶著裂縫的窗玻璃上傳出音樂聲。

胡培培像回了自己家一樣，興奮的推門撲進了廳中，大叫說：「哈！今天是吹的什麼風，為什麼大家都到齊了？」

龍耀跟在後面走了進去，第一口就被煙氣嗆到了。龍耀揮手搧開眼前的濃煙，看到一副頹廢的場景，頹廢的牆壁上掛著頹廢的裝飾畫，下面坐著五個更加頹廢的男女。

「喲！培培，換新男朋友了嗎？」一個枯瘦如柴的女人站起來，伸出沾滿煙焦油的手指，向著龍耀的肩膀上拍來。

龍耀伸出兩根手指一彈，正中她手腕下的經脈。那女人像是被電擊一般，顫抖著癱坐回了原地。另四個人都是暗自一驚，看出龍耀的身手不錯，緊張的望向胡培培。

胡培培尷尬的笑了笑，說：「新認識的朋友。」

「不是男朋友啊！我還以為妳把艾威給甩了。」枯瘦的女人說。

「唉！別再提這些亂七八糟的事了，我來這裡是想讓大家幫個忙。」胡培培拿出了封印葫蘆，說：「大家聯手打開這個東西。」

五個人圍著葫蘆看了半天，才說：「道家的封印啊！這可是很費勁的。」

龍耀暗暗的打開了第六感，掃描了一下這些人的能力，看出這些人都有一些異能，但沒有一個跟道家相關。

龍耀把手搭在了胡培培的肩頭，拇指不動聲色的抵在她頸動脈上，說：「這是怎麼回事？他們是什麼人？」

「你不用太緊張，大家都是朋友。這五個人加上我和艾威，是這家酒吧唯一的客人，我們都是玄門中人。我怕自己開封印會有危險，所以請他們五人一起幫忙。」

「哦！這樣啊！」龍耀慢慢的垂下了手。

但那五個人看完了葫蘆之後，都不太願意幫忙的樣子。畢竟他們也不是善男信女，沒有理由白白的費力氣。

胡培培撿起了封印葫蘆，招呼五人去內室商量，留下龍耀在廳裡等一等。

龍耀看著髒兮兮的桌椅，便沒有坐下去的心情了。他繞著四壁走了兩圈，摸清了建築結構，然後從指端彈出龍涎絲，佈下了一個蜘蛛網似的陷阱。

004 無頭女鬼

龍耀等了大概半個小時，六人才從內室走出來。六人已經達成了協議，一致同意幫助龍耀。

六人將家具推向牆邊，將地板清理乾淨之後，用紅色的顏料畫出魔法陣。

龍耀看了一眼，說：「這是西式的魔法陣吧？」

胡培培有些緊張的點了點頭，說：「他們五人擁有的都是西方的異術，所以要用西式魔法陣輔助。」

龍耀輕輕的點頭，好像明白了什麼。

六人畫好五芒星魔法陣後，讓龍耀站到魔法陣中央。龍耀什麼也沒有說，徑直走到了中心。

六人不約而同的露出一絲微笑，好像看著火鍋裡的肉熟了一般。

枯瘦的女人打開一本魔法書，用拉丁文快速的誦讀了起來，魔法陣發出了耀眼的光芒。

龍耀冷靜的站在魔法陣中，說：「你們在玩什麼把戲？」

胡培培有些結巴的說：「幫、幫你解開封印。」

「那為什麼不把葫蘆放在陣中？」

「這……」

枯瘦女人已經讀完了一段，臉上露出了自信的笑容，說：「培培，別跟他廢話了，反正他已經逃不了。」

龍耀的臉色一沉，說：「你們果然沒安好心。」

「哈哈！我們要你身上的靈氣。」

「哦！準備怎麼拿去？」

「這個魔法陣會腐蝕掉你的肉體，只保留最為純淨的能量體。」

枯瘦女人說話的時候，魔法陣中湧出了黑水，地面瞬間被腐蝕掉了。

「哼哼！幸虧我也早有準備。」龍耀向著其中一人輕勾了一下手指，那人「嗖」的一聲飛進了陣中，墊在了龍耀的鞋子和黑水之間。

「啊———」那人發出一陣痛苦的嘶叫，慢慢的融化在了黑水之中。

其餘五人臉色頓時大變，都不知道發生了什麼事。龍耀不慌不忙的再次勾手指，吊在天花板上的龍涎絲落下，又套住一個人拖拉進了黑水之中。

「快、快住手啊！魔法陣會控制不住的。」枯瘦女人發瘋般的吼叫。

「控制不住，會怎麼樣？」龍耀猛的猛彈雙手，又兩個人被同時拉進。

五個人才能操縱的魔法陣，失去了四名操縱者之後，對龍耀的束縛便消失了。同時，黑水之中冒起了氣泡，慢慢的泛出了血色。

龍耀感覺到腳下有些異動，拉著一根龍涎絲飛蕩了出去。與此同時，黑水爆裂了起來，血水四下裡飛濺。

一隻恐怖的生物從地下探出頭來，那東西就像傳說中的龍一樣，但是只露出一條長長的脖子，還有一顆大到如重型卡車的頭顱。另外值得一提的是，這條龍似乎習慣了黑暗，一直緊閉著雙眼，靠巨大的鼻孔來尋找獵物。

惡龍向著枯瘦的女人大吼了一聲，張開鑲著三排巨大牙齒的大嘴，將枯瘦女人攔腰咬成了兩半。

魔法書一離開枯瘦女人的手，立刻化作了一團飛舞的煙。

惡龍向著房頂暴吼了一聲，將天花板整個掀飛起來，四壁的門窗也同時碎裂了。惡龍低頭襲向了胡培培，而後者則因恐懼站著不會動彈了。

但就在惡龍要張口吞噬時，巨大的鼻孔突然抽動了兩下，嗅到龍耀擁有更強的靈力，所以調頭撲了過來。

龍耀拉著龍涎絲飛躍而起，而惡龍則緊追著他不放。盤旋了幾個來回之後，惡龍始終無法追上，只好再將目標轉移向胡培培。

巨大的龍嘴帶著血腥味，以泰山壓頂之勢直衝而下，一口咬住了胡培培的身體。然後，惡龍抬頭仰脖向下一吞，卻突然被一塊混凝土塊卡住了。惡龍憤怒的吐出嘴裡的建築垃圾，歙動著鼻孔轉向了龍耀的方向。

龍耀手提著胡培培的腰帶，靠龍涎絲懸在半空中，說：「她對我還有用，你不能吃掉她。」

「吼！」惡龍怪叫著撲向了龍耀。

龍耀帶著胡培培無法靈活閃避，但神態依然表現的平靜如水，因為他已經想到了脫身之法。

惡龍的眼睛無法使用，只能依靠鼻孔去嗅探，而牠嗅探的並不是普通的氣味，是魔法能量的味道。

現在，在龍耀的身上有兩股靈力，一是他自己的那顆靈種的靈氣，二是他奪取的一顆靈種的靈氣。那顆靈種是兩個月前，為了擊退枯林會的進逼，龍耀用「奪天地一氣」的靈訣，從一顆稀有靈種中抽取的。

理論上，每個靈能者只能使用一種靈力，否則就會發生恐怖的排斥反應。因此，龍耀奪取那顆靈種後，便在葉可怡的幫助下封印了。那股封印的靈氣對龍耀毫無用處，而且還會像定時炸彈一樣的危險，所以他想在此用來當作逃脫的誘餌。

在惡龍撲過來的一瞬間，龍耀打開了右手上封印，將那股濃厚的靈氣放出。靈氣像是噴泉似的噴出，順著龍耀手指的方向飛去。

惡龍馬上轉頭撲去，張嘴便咬合了下來。

龍耀將胡培培扔在地上，從廢墟中撿起封印葫蘆，說：「快走！」

但讓龍耀沒有想到的是，胡培培竟然猛衝了過去，搶先一步將靈氣吸入口中。幾乎是同一時刻，惡龍的巨嘴閉合了，正好咬在胡培培的脖子上。

惡龍咬著胡培培的脖子，仰起頭來左右甩了甩。「喀嚓」一聲脆響過後，胡培培的脖子斷掉了，身體像斷了線的風箏，直摔進了龍耀的懷中。

龍耀也沒有預料到這一幕，有些發愣的接住了屍體。但馬上他發現情況不對，胡培培的頭雖然斷了，但傷口卻沒有流出一絲血。

龍耀將手按在胡培培的平胸上，心臟的跳動速率竟然與活人一樣。

「這……」龍耀又是一驚。

惡龍還沒來得及咀嚼，便一口氣將頭顱嚥下，然後又撲咬向了龍耀。龍耀抱住胡培培的屍體，猛的一頭撞穿了玻璃窗，滾身落到了外面的路上。

惡龍仰天吼叫了一聲，將整個酒吧夷成了平地，挾著碎石飛塵繼續撲咬。

就在這個時候，天空突然暗了下來，無數的道符從天而降，就像鵝毛大雪一般。與此同時，兩名小道童躍出，一個手持桃木劍，一個搖著三清鈴，將惡龍阻擋了下來。

一名老道士緊接著飛了出來，與兩名小道士站成三才陣，用道陣將惡龍死死的困住。

「葫蘆來。」老道士向著背後伸出一隻手，龍耀手中的葫蘆便飛了過去。

「邪魔封盡！」老道士唸了一聲偈語，猛的拔開了葫蘆蓋子。

葫蘆放出巨大的吸力，吸得惡龍扭曲變形，搖晃著鑽進了葫蘆裡。

龍耀的嘴角一陣抽搐，因為他已經認出了來者，正是清游真人李洞旋。龍耀本想趁機向他的後心捅上一針，但又怕惡龍失控再跑出來作亂。他看了看胡培培的無頭屍體，覺得還有機會解救莎利葉，而且李洞旋今天還帶了兩個幫手，龍耀是沒有機會奪回封印葫蘆的。

「留得青山在，不怕沒柴燒。」龍耀挾起胡培培的屍體，轉身鑽進了路旁的樹叢中。

龍耀一口氣奔出了十幾公里，回頭見李洞旋沒有追上來，才蹲在一棵樹下喘息了一陣。胡培培的屍體就放在旁邊，胸部竟然猶如活物一般的起伏著。龍耀把手按在她的靈脈上，沿著脖子一直摸到小腹，發現她已經有靈能者的體質了。

一不做，二不休！龍耀脫下了胡培培的衣服，那屍體竟然還本能的反抗，好像純情的少女一般。

龍耀將胡培培翻了一圈，終於在身後的腰眼上，發現了一個靈樹印記。

靈樹的印記是靈能者的標誌，每一個被靈種寄生的人類都會有。根據靈樹印記的不同樣子，可以區分靈能者的類型。

比如怒臉靈樹印記代表強靈系，靈能者擁有肉體上的異能；而哭臉靈樹印記代表智靈系，靈能者擁有精神上的異能。這兩類靈種是最常見的種類，靈種都是成雙成對的出現，強靈和智靈兩顆靈種一對，擁有一對靈種的兩名靈能者聯手，將會產生一加一大於二的效果。

而龍耀擁有的是稀有靈種，他的靈樹印記是笑臉。胡培培身上的這棵靈種，是與龍耀的靈種一對的，圖案是一棵枝繁根盛的大樹，樹身上有一張驚訝的面孔。這面孔的表情十分的誇張，有點孟克的名畫《吶喊》的韻味。

「難道這顆驚臉靈種的靈能力就是『不死』？被寄生的靈能者擁有斷首不死的異能。」龍耀捏著下巴思考，看著胡培培的腰眼，說：「從某方面來說，這的確是一項了不起的能力，擁有這種讓敵人膽寒的能力，首先就讓自己立於不敗之地了。」

龍耀的推測是完全正確的，這顆靈種的能力就是不死，靈能者的肉體無法被毀滅，就算被分割成原子大小，也會找機會慢慢的組合起來，這可以說最強的防禦技能了。

龍耀給胡培培穿好衣服，但卻把胸罩隨手丟掉了，因為龍耀覺得這件服飾對她來說實在沒必要。龍耀把胡培培的屍體挾在腋下，準備回家去思考一下策略，然後再採取下一步的行動。

龍耀坐計程車回家的時候，前座的司機一直在回頭偷看。

「好好開車！我可不想遇到車禍。」龍耀抱著胡培培的屍體說。

「小兄弟，你懷裡抱的是什麼啊？」司機大叔終於忍不住問。

龍耀拍了拍胡培培的屍體，淡定的說：「充氣娃娃，沒見過嗎？」

司機的嘴角一陣抽搐，說：「頭呢？」

「丟了。」

「沒頭的充氣娃娃，怎麼用啊？」

「我正在想辦法找呢！」

「你這娃娃還真逼真，皮膚跟真人似的，日本生產的嗎？」

「不！本地產的。」

「哦！從哪買的？」

「大叔啊……好好找個女人結婚吧！充氣娃娃解決不了根本問題。」龍耀語重心長的說。

「呃……大叔也想找女人結婚啊，可現在房價太他媽高了。每天開十二個小時的車，卻連個頭期都支付不起啊！我累啊！我寂寞啊！我好痛苦啊！」司機大叔感歎了起來。

龍耀無奈的翻了翻白眼，扭頭看向了窗外的景色。這條返回城市的道路，兩旁都是金黃的農田。清新的海風從遠方吹來，在農田上撫起層層波濤。

就在龍耀欣賞自然景色時，耳邊忽然傳來了一陣馬達轟響，一輛重型機車趕超了上來，急停在了計程車的前面。

司機大叔猛的踩住煞車，臉紅脖粗的拉下窗玻璃，說：「滾蛋！找死嗎……呃！」

等司機大叔看到擋車的人，是一個人高馬大的年輕人，立刻像烏龜似的縮回了頭去。

艾威從機車上躍下，急步走向了計程車後門。

龍耀用外衣罩住了胡培培，坐在計程車裡沒有動。

「臭小子，敢泡我的馬子。」艾威怒吼。

原來是胡培培逃出遊戲廳後，立刻有小弟報告了艾威。艾威放出小弟四處搜索，終於有人說去了郊外。艾威猜到他們會去酒吧，就騎著機車一路追過來，但沒想到只看到一片廢墟。

就在艾威像熱鍋上的螞蟻時，忽然看到了計程車裡的龍耀，追上來又看到了胡培培的身影。看到胡培培躺在龍耀懷裡，艾威的肺差點就氣炸了，舉著拳頭想要把車子拆了。

龍耀淡定的抱著胡培培，望著前方出神的思考著。等到拳頭快要打下的時候，龍耀才慢慢的開口說：「你來得正好！」

這份淡定把艾威嚇了一跳，說：「你小子傻了嗎？我是來要你命的。」

「我也是想請你要命，但不是要我的命，而是她的——」龍耀掀開外套，露出無頭屍體。

「啊！培培怎麼了？」艾威被嚇了一大跳，一屁股坐倒在地上。

龍耀把外套重新蓋好，說：「你不用害怕！她還沒有死——至少，還沒有死透。也許通過你的幫助，能把她的命再要回來。」

「到底發生了什麼事？」艾威瞪大了眼睛，說：「頭呢？」

「頭在一個老道士的手中，他自稱清游真人李洞旋。你在江湖道上的門路比我多，我希望你去查這個人。」

「查到以後呢？」

「當然是向他要回頭來了。」

「啊！要回來，還能接上？」

「能的。」

艾威張大了嘴巴，下巴差點掉下來，過了好長一會兒，才說：「把她交給我。」

「不行！我怕你忍不住奸屍。」

「你把我當成什麼變態了？」

「總之，剩下的都是技術工作，你這種莽漢幹不來。」

艾威把拳頭攥得吱吱響，但卻沒有一點辦法。

龍耀掏出了手機，說：「交換一下號碼，有情況及時聯繫。」

把這些事情都辦理妥當，龍耀讓司機大叔繼續走。

大叔心有餘悸的回望了一眼，說：「小兄弟，那人是做什麼的？」

「一個充氣娃娃狂人，非說這娃娃是他的。」

「那傢伙好變態啊！把充氣娃娃當真人，竟然還取了名字。」

「是啊！大叔不想變成那樣的話，就趕緊找個女人結婚吧！」

龍耀把胡培培帶回了家，脫光後丟進了浴缸裡面，然後便回書房思索去了。

艾憐還沒有放學，沈麗也沒有下班，可林雨婷卻來造訪了。

因為林雨婷經常來龍家，有時還會在這裡過夜，所以從不當自己是外人。進門後，林雨婷便直奔浴廁，坐在馬桶上剛要放鬆一下，忽然，林雨婷聽到一陣淋浴的水聲，便好奇的拉開了浴簾的一角。胡培培的屍體坐在浴缸裡，竟然本能的洗起了澡來，還摸索著找到了沐浴露，在身上搓起一層層的泡沫。

「啊！有鬼啊！無頭鬼……」

林雨婷連蹦帶跳的起身，在走廊裡挪動了三四步，狼狽的摔倒在地板上。尖叫聲打斷了龍耀的思考，他打開書房門後的第一眼，便看到林雨婷分開的雙腿，還有套在腳踝上的內褲。

龍耀怔怔的盯著那片幽泉溪谷，雖然曾在書籍和網路上看到過，但第一次見到真正的實物，這對他的大腦衝擊還是比較大的。

林雨婷傻傻的坐著沒動，腦子已經完全短路了。

大約過了一分鐘，龍耀才伸手抹了抹鼻血，說：「這就是傳說中的白虎嗎？」

「啊！我嫁不出去了。」林雨婷雙手捂住了臉，但馬上一想有點不對勁，又將手捂在了腿間。

「反正已經看完了。」龍耀抽動了兩下嘴角，對林雨婷比出大拇指，說：「保養的不錯，顏色很粉嫩。」

「啊！不要再說了。」

林雨婷抓過一隻鞋要丟，但手卻突然僵在半空中。她的瞳孔又放大了，像是看見了鬼一般。

龍耀沒有回頭去觀望，但已經料想到了。胡培培的屍體走了出來，還在用毛巾擦著身子。她從龍耀的背後經過，一頭撞在了牆壁上，然後摸索著沿牆走，推門便走進了臥室。

「啊！啊！啊！龍耀，有鬼走進你的臥室了。」林雨婷上氣不接下氣的說。

龍耀擺出一副淡然的表情，說：「這世上哪有鬼啊？」

「我看見了。」

「妳看花了。」

「啊！真的嗎？」

「當然是真的了。要不然為什麼我沒有看見？」

林雨婷雖然也像普通女孩子一樣，害怕那些虛無飄渺的妖魔鬼怪，但她畢竟是受過十幾年的高等教育，越想越覺得的確是自己太緊張了。

「妳不打算提起內褲了嗎？」龍耀邊看邊說。

「啊！你怎麼還在看啊？」林雨婷丟出了高跟鞋，正砸在龍耀的額頭上。

十分鐘後，龍耀仰躺在電腦椅上，額頭上擺著冷毛巾。林雨婷在一旁照料著他，臉上的紅霞一直沒退。

「公司裡有什麼事嗎？」龍耀問。

「管理已經步上了正軌，生產也開始平穩進行。沈麗阿姨已經同意跳槽，來公司做研發部的主任。」林雨婷回答。

「她不知道公司的老闆是誰吧？」

「按照你的吩咐，我沒有告訴她。」

「嗯！很好。」

林雨婷拿來一瓶碘酒，為龍耀的腫包擦了藥，說：「最近，我連續接到一家德國公司的請求，他們希望與我們合作生產 IOG 智能生物基因材料。」

「IOG 相關的專利，妳辦得怎麼樣了？」

「根據你的囑咐，已經買斷了全部專利權。」

「很好！那拒絕他們的請求。」

「你不問問是那家公司是什麼？」

「有必要嗎？」

「很有必要。」

「好吧！是哪家公司？」

「是科林製藥財團，世界最大的醫藥公司之一。如果有他們幫助的話，那我們的公司會更快發展。」

龍耀思考了一下，說：「IOG 必須由我們獨家掌握，如果他們實在是想投資的話，我們可以在其他領域合作。」

「我們還有什麼領域？」

「這就要靠妳動腦筋了。」

「你的意思是，我們利用他們的勢力，趁機擴展到其他領域？」

「對！比如生物製藥之類的，這由妳和技術組來負責。」

「這好像有點不道德啊！」

「商場如戰場。大家都為利而來，與道德根本無關。」龍耀捂著毛巾站了起來，說：「妳先回去吧！今晚我還有事要處理，就不留妳吃飯了。」

林雨婷撇了撇嘴，說：「用不著你留！沈麗阿姨說今晚不回來了，要我幫你和艾憐做晚飯。」

「好吧！好吧！不過妳不准進我臥室啊！」

「呸！美得你。」林雨婷臉蛋紅紅的退了出去，很快廚房裡便傳來了響聲。

龍耀悄悄的鑽進了臥室，看到胡培培穿著他的襯衣，正在做靜態的瑜珈鍛鍊。龍耀把了一下脈搏，發現是寸關尺三脈穩定有力，說明她的身體機能一切正常。

龍耀捏著下巴思索了一陣，聯想起以前看過一篇新聞，說是人類的心智並不全在腦部，軀幹部分的脊椎和心臟裡，也有一部分有智能的迷走神經。

很明顯，胡培培的身體在迷走神經的控制下，正在慣性的做著一些日常做的事情。

龍耀觀察著胡培培的身體，思索了大約有半個小時。他突然好奇這種不死能力，究竟能有多大程度的恢復力。

龍耀從抽屜裡取出一把剪刀，輕輕的拉起胡培培的一根小指。狠狠的吸了一口氣後，龍耀猛的合併了剪刀，齊根剪斷了胡培培的手指。手指「啪」的一聲掉在地上，傷口處沒有流下一滴血液。

然後，龍耀又撿起了那根手指，慢慢的接回原來的位置。

一瞬間！只有短暫的一瞬間……

傷口癒合了！手指恢復了！跟以前一模一樣。

龍耀倒抽了一口冷氣，心中竟生出幾分寒氣，這恢復能力太可怕了。

不過龍耀很快便釋然了，因為仔細的考慮一下，這其實是很好的結果。這樣不僅可以挽回胡培培的生命，還能讓她成為自己的一大幫手。

龍耀把胡培培的身體抱起，塞進了大衣櫃的最底層，生怕被林雨婷或者艾憐看到。

吃過晚飯後，林雨婷和艾憐一起去洗澡了，可能是因為艾憐的年齡太小，她覺得不會成為自己的威脅，所以和小丫頭相處的特別親密。要是換作是和葉晴雲在一起，林雨婷的臉早沉下來了。

龍耀藉口額頭的傷還在痛，就早早的回臥室休息了。龍耀一回到臥室，便反鎖上了門鎖，撕掉頭上的OK繃，伸手摸了一下腫包。腫包處散出一股靈氣，傷患瞬間就被抹平了。

龍耀擁有超快的恢復能力，並不是本身的一種靈能力，而是莎利葉的契約之力。既然這種契約之力還在，那就說明莎利葉還沒有出事。龍耀將手機擺在眼前，安靜的等待著消息。

005 無字天書

蒼天不負有心人！

龍耀在黑暗中靜坐了一個小時，手機裡終於傳來了艾威的消息，說是已經找到了李洞旋的老窩。

龍耀換上了一件嶄新的校服，因為這兩個月經常發生打鬥，所以他提前預訂幾件備用。而且這些校服都是改裝過的，在要害部位夾著防彈鱗甲片，衣袖裡還縫著用於藏針的暗袋。

龍耀又打開一個帶鎖的抽屜，將裡面的所有針灸針一次取出。這裡面有他常用的治病針，還有二十多公分長的殺人針。

龍耀將這一切準備完整，便從窗戶翻到了街上。在街頭的一個黑暗角落裡，艾威坐在車上抽著煙，旁邊還有一個騎著機車的小弟。

艾威指了指小弟的機車，對龍耀說：「你騎那輛。」

龍耀縱身跨上了機車，看了一下車上的儀表，說：「有說明書嗎？」

「我擦！哪有騎機車還看說明書的？」艾威差點把煙頭嚇掉。

龍耀輕輕搖了搖頭，拿出手機查了一下，很快讀完駕駛方法，說：「走吧！」

「喂！你行不行啊？」

龍耀冷哼了一聲，率先發動起機車，「嗖」的一聲衝了出去，尾燈劃出一道長長的紅線。

「媽的！原來這世界上，真的有天才啊！」艾威罵了一聲，駕車追了上去。

兩人並駕齊驅，從市內奔向郊區，又轉入僻靜的山林。在七轉八拐的羊腸小道上，艾威終於忍不住，問說：「你是什麼門派的？」

「無門無派。」龍耀說。

「少來了！沒人教你，你能有這身本事？」

「這麼說，有人教過你？」

「當然了。」

「哦！什麼門派？」

「是……呃！當然是道門。」

「師父是誰？」

「師父曾交代過，不能向外洩露。」

「那你跟李洞旋能論上輩分嗎？」

「這就不知道了！」

「笨蛋！」龍耀無奈的搖了搖頭，心想真是物以類聚，笨蛋果然都是成對的，又說：「你跟胡培培是什麼關係？」

「師兄妹。」

「酒吧裡的五個人呢？」

「我們是朋友。」

「為什麼他們用西方黑魔法？」

「他們是跟一名西方魔法師學的。」艾威說到這裡的時候，突然想起了白天的事，說：「對了，酒吧怎麼變成廢墟了，裡面的那五個人呢？」

「啊……」龍耀當然不會說那五人是因為自己而死的，於是說：「都被李洞旋殺了，他說他們是邪魔。」

「可惡的李洞旋！我一定要宰了他。」艾威氣得頭髮倒豎。

龍耀的嘴角抽搐了兩下，說：「千萬不要有這種想法，憑我們兩人的實力，接不下李洞旋三招。」

「那怎麼辦？」

「我們只需要把葫蘆偷來就行了。」

艾威狠狠的咬了一口牙，說：「好吧！今晚就先饒了那老道。等師父來了，請他出面替我們討回公道。」

「嗯！嗯！這樣最好了。」龍耀點著頭。

兩輛機車行駛了兩個多小時，終於來到了山頂的平緩處，前面有一座宏偉的道觀。道觀大門上懸著一塊匾，上寫「清游宮」三個金色大字，門兩旁掛著一對對子，左手寫「天之高，地之厚，水之深，仁慈莫測」，右手寫「賜爾福，赦爾惡，解爾困，聖德無窮」。

龍耀伏在草叢裡，觀察了一會兒，才說：「我進去偷！你把他們引出來。」

艾威點了點頭，但馬上又問說：「怎麼引？」

「笨蛋，把那塊匾砸了，他們肯定出來。」

「明白了，砸東西是我的強項。」艾威回身便抱起一塊石頭，大搖大擺的走向道觀，向著牌匾一丟。

轟隆一聲響，牌匾摔在了地上，破碎成了三截。道觀裡的道童聽到響聲，拿著棍棒衝了出來。

這道觀的規模雖然非常宏大，但裡面的道童卻只有十幾人。因為玄門必須對外保密，所以不能隨便收人，而這些人都是李洞旋的弟子。

艾威也不跟他們客氣，揮著拳頭便亂打了起來。這些弟子大多年紀尚小，都沒有修行高深的玄術，所以很快就被打得慘不忍睹。

龍耀趁機來到了牆下，向牆頭射出了龍涎絲，飛身攀上了十米高牆，貓腰在牆脊上飛跑，仔細尋找著可疑之處。

忽然，龍耀感覺到一股靈氣飄來，正是李洞旋那老道的氣息。

龍耀來到那幢房子的屋頂上，用龍涎絲倒吊著垂下身去，透過窗玻璃看到了李洞旋。老道士

005 無字天書

正在床上打坐，頭上還戴著那頂黑紗斗笠，封印葫蘆就放在床頭上。

看到葫蘆還是原樣，龍耀安心了不少，靜靜的等待時機。

艾威在外面越鬧越大，從門外一直打到院內，又從外院打上三清殿，把太上老君的神像都砸了。

一個小道童鼻青臉腫的跑來，趴在李洞旋的房門上，說：「師父，不好了，有人在鬧事。」

李洞旋的眉頭皺了皺，說：「是什麼人？」

「是一個流氓無賴，但好像是玄門中人。」

李洞旋的眼睛猛的睜開了，黑紗中射出了兩道寒光，緊接著身子化霧飛走了。

等確定安全之後，龍耀翻身進到房中，先把葫蘆掛到腰上，又翻了翻其他東西。龍耀本以為還會有什麼法寶，但發現都是些隨處可見的用品。正當龍耀有些失望的時候，忽然一本書掉落在地。

龍耀撿起來看了一眼，見古舊的封面上，寫著「無字天書：第一卷——一氣化三清」。

這本書一共三萬一千四百字，龍耀用五分鐘就默背了下來。

看前面三分之一時，龍耀以為寫的是宗教教義；看中間三分之一時，龍耀覺得寫的是養生之術；看最後三分之一時，龍耀發現講的是玄術奧秘。

全部讀完之後，龍耀閉眼回味了一遍，突然心神猶如遭雷擊，大腦變得一片混沌不清。儲存在腦海中的知識一陣翻湧，每一個腦細胞都在放出生物電流，神經在急速的傳遞著電子信號。

無字天書無風自翻起來，上面的字猶如活物似的，紛紛掙脫紙張的束縛，黏在了龍耀的頭皮上，然後又如雨滴似的滲入腦中，與腦細胞完全融合在了一起。

「啊！」龍耀吼叫了一聲，抱著欲裂的頭部，跪倒在了地上。

就在這時候，房門打開了，李洞旋趕了回來，一把搶下了道書，慌張的翻了兩頁，發現書中已經沒有字了，只剩下一疊發黃的草紙。

龍耀趁李洞旋發愣的時候，縱身一頭撞碎了玻璃窗戶，在院落裡翻滾了幾下。龍耀想趁機就此離開，突然看到艾威被人抓住了。幾名小道童將艾威五花大綁，像是捆豬似的丟在地上。

「笨蛋！」龍耀罵道。

艾威的嘴角抽搐了兩下，鼻青臉腫的他無言可對。

「少年郎，原來又是你啊！」李洞旋拿著已經變成廢紙的天書走了出來。

「李洞旋，你不想見我也可以，只要你把葫蘆塞打開。」龍耀說。

「你這少年郎，真不知天高地厚，這葫蘆是道門法寶，造自大唐貞觀年間。自那時起，便用來收妖伏魔，如今已經裝了九千九百九十九隻妖怪。如果此刻打開的話，群魔必然失控而出，那天下將會大亂。」

「呃！」龍耀嘴角抽搐了兩下，感覺事態有點嚴重了。

「把葫蘆交還給我。」李洞旋伸出手來。

「不行。」

「唉！真是冥頑不靈。」李洞旋歎息一聲，縱身撲向了龍耀，還是用上次的招式。

像這種有形有式的招術，龍耀只要看一遍就明白了，如今他已經想到破解之法。龍耀使出拱橋下腰的姿勢，成功的避開了李洞旋的第一招，接著從袖中抽了那根殺人長針，一針刺進了對方的心口中。

「啊！」在場的小道士一陣震驚，艾威的嘴巴也咧開了。但他們驚訝的卻不是李洞旋的死，因為目光都凝聚在房屋的那一邊。

龍耀翻身推開李洞旋的屍體，剛想暢快的喘上一口氣，突然被眼前的一幕驚呆了。

李洞旋！李洞旋！李洞旋還站在原地——

龍耀低頭去看另一個李洞旋，卻發現那個身體正在融化，最後變成了一團旋轉的霧。

幻術？龍耀頭腦中的第一反應是這個，但馬上他又排除了這種可能性，因為那身體上的氣息是真的。

龍耀在凝神思考的時候，突然又感覺一陣頭痛，一個詞浮現在他的腦海中——一氣化三清。

龍耀的眼睛突然瞪圓，喃喃自語說：「難道這就是『無字天書』裡的術法？」

李洞旋觀察著龍耀的神情，自己的神情也在不斷改變，由最初的惱怒變成了驚歎。

最後，李洞旋攥緊了拳頭，說：「龍耀，你竟然敢私窺道家秘籍，我要捉你回道門總壇。」

「休想！」龍耀咬牙說。

「這由不得你。」李洞旋飛躍了出來，這一次是他的真身。

龍耀靈活的向著旁邊一閃身，拔出針灸針直刺太陽穴。李洞旋為了讓龍耀死心，不躲不閃站在原地，只在暗中猛提了一口真氣。針灸針刺中了太陽穴，但卻被皮膚阻擋住了。

「這……」龍耀大吃了一驚。

像那種胸口碎大石的硬氣功，其實一點也不值得的奇怪，用物理學上的壓強就能分析出來，身體強壯的人本來就能承受那股力。但能抵擋針灸針可就不一樣了，針灸針只有毛孔那麼粗，其

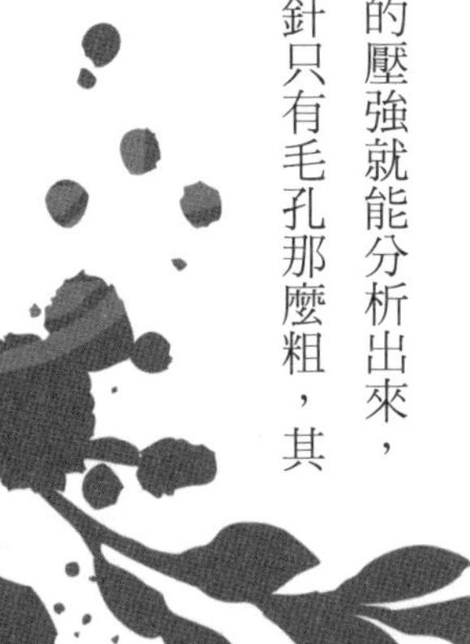

壓強比大石塊大了不知幾萬倍。而李洞旋竟然輕易的擋了下來，這說明他的真氣已經練到了極致，連毛孔都可以在真氣的保護之下了。

李洞旋順勢一伸手，使了一個武當小擒拿，便鎖住了龍耀的肩胛骨。

「唉！萬事皆休。」龍耀無奈的垂下了頭。

可就在這個時候，一道銳利的破空聲傳來，接著，旁邊的房屋和樹木都被斜切而斷，就像照片被美工刀劃過了一般。

李洞旋的眼神一凜，大叫：「都趴下。」

小道童聽到師父的話，一起趴倒在了地面上。李洞旋伸出了兩根手指，向著虛空中輕輕的一夾，將切割的勢頭阻擋在了身前。

龍耀趁機掙脫了縛束，拉著艾威躲到了一邊。龍耀沿著切痕看上去，見三清殿的樓脊角上，站著一個又瘦又細的身影。那人的長髮垂落在左眼前，將半邊臉遮擋在陰影之中，另半邊臉蒼白的像張白紙。

「劉飛？」龍耀吃驚的喊。

「他是你朋友嗎，是咱們的救兵？」艾威高興的問。

「不！他是我的死敵。」

劉飛瞪圓了眼睛，將手向下面一揮，說：「龍耀，你竟敢騙我。」

劉飛隸屬枯林會，兩個月前來到紅島市，任務是回收稀有靈種。但龍耀卻用「奪天地一氣」的靈訣，將那顆靈種內的靈氣給抽出來了，隨後又以交易的方式將空殼給了劉飛。

劉飛滿心歡喜的回到枯林會，以為會得到上司的稱讚和嘉獎，可沒想到得到的卻是懲罰。

劉飛的靈能力就是切斷，能將所有東西切成兩半，葉可怡的靈脈就是他切斷的。龍耀雖然還不知道這能力的原理，但卻早就見識過這東西的厲害。

看到劉飛手一揮起來，龍耀便抓著艾威一滾，接著身後的地面就裂開了，就像是刀切豆腐似的。

「我擦！這還不如讓李洞旋抓住呢。」艾威心有餘悸的說。

在劉飛就要揮出第二擊時，龍耀突然伸手制止住了，說：「劉飛，不要捨本逐末，你的目的是靈種吧？」

劉飛咬了咬下嘴唇，說：「你的命也是我的目的之一。」

「呵呵！總要有個先後吧？」

劉飛深吸了一口氣，暫時按下心中怒火，說：「那顆稀有靈種的靈氣在哪？」

「在這葫蘆裡。」龍耀拍了拍腰後。

劉飛的眼睛一瞪，說：「交給我。」

「沒問題！」龍耀揮手丟出了葫蘆。

李洞旋猛的飛身抓向了半空中，劉飛也在同一時刻撲了下來。兩人在半空中對拼了一招，劉飛當場被震得吐血飛退，而李洞旋竟然也被劃了一刀。

葫蘆落在了地上，劉飛和李洞旋都衝了上去，在道觀的院落裡纏鬥了起來。

劉飛是LV4的強靈系靈能者，本身就比龍耀更加適合戰鬥，而且他已經加入枯林會三年，曾受過軍事化的格鬥訓練，當然，這仍不能讓他成為李洞旋的對手。關鍵是劉飛擁有詭異的靈能力，李洞旋被無形的利刃牽制，一時之間也無法施展自身的本事。

艾威戳了戳龍耀，說：「現在怎麼辦？」

龍耀緊盯著戰場，說：「不要著急！讓他們打。鶴蚌相爭，漁翁得利。」

「我擦！聰明人就是心狠手辣。」

龍耀觀察著劉飛的招式，仔細思考著其中的原理。莎利葉曾經為他解釋過魔法的原理，即魔力轉化為波或粒的兩個過程。龍耀將魔法理論與靈能力作了對比，推測強靈系的靈能一般是將靈力轉化為粒，而智靈系的靈能則是將靈力轉化為波。

劉飛的靈能力看似無形無影，但應該還是實物的「粒子」。

龍耀仔細觀察著蛛絲馬跡，忽然看到一條血線飛出來。那條血線隨著劉飛的手一動，接著便將眼前的地面切開了。

「咦！血？液體——」龍耀突然領悟了，原來是操控水啊！

龍耀回想上次與劉飛見面，那是水分充足的大海邊。而這一次見面的時間，是在暮靄沉沉的半夜，空氣中瀰漫著濃厚的水霧。

原來他的靈能是將水分子組合成刀，然後再像皮鞭子一般的抽打出去，用分子級別的水刃去切割。龍耀曾看在電視節目上看到過，有一種用高壓水流做刀的切割機，能輕鬆的將超硬合金切開。

原來劉飛的靈能力，就是這種原理啊！龍耀牢記在了心中，留待以後對付劉飛。

劉飛起初依靠著無形的利刃，讓李洞旋不敢輕易的進招，在場面上扯成了五五對分。但李洞旋畢竟是經驗豐富，十幾招後就摸透了劉飛的底細，然後一記重掌直取他的前心。

李洞旋轟飛了劉飛，剛要去撿那葫蘆。忽然，三根針灸針破風而至，逼得他翻身退了五步。

已經觀察完畢的龍耀，終於拖著艾威走上前來，說：「劉飛，聯手吧！」

劉飛擦了擦嘴角的血，說：「你又要耍什麼鬼把戲？」

「我們三人的目標都是這個葫蘆，因為葫蘆裡都有我們重視的東西。不如現在暫時放下恩怨，等拿到了葫蘆裡的東西之後，再來爭個高低勝負也不遲。」

劉飛咬了咬輕薄的嘴唇，說：「好！那就跟你合作一次。」

艾威見有新同伴加入，膽子也陡然變大不少，發出一聲狗熊似的暴吼，猛的衝撞向李洞旋。

劉飛也不甘人後的跟了上去，雙手同時揮出兩把無形利刃。

李洞旋見三個年輕人聯手，也不敢再妄自托大了。只見他猛的脫下大氅，抖手扔到了半空中，大氅放出耀眼的金光，上面的道篆飛速閃動，星相圖投影向天空。

一片漆黑的天空中，顯現出一百零八星，正合天罡地煞之數。

李洞旋雙手捏了幾個道訣，猛的將劍指指向了空中，說：「但凡世間無仁義，人人心中有梁山。」

剎那間，半空中雷電交加，鬼哭狼嚎之聲四起，一群身穿古代戰袍的人，影影綽綽的站在雲中，只有兩隻眼睛閃著明亮的光。

劉飛和艾威大吃了一驚，還沒來得及撤回招式，就被一股大力崩飛了出去。

龍耀站在原地沒有動，說：「不愧是歷史悠久的道門，竟然還有這麼厲害的術法，今天真是大開眼界啊！」

「龍耀，你這個混蛋，為什麼不上？」劉飛憤怒的吼叫。

龍耀的嘴角露出一絲笑意，說：「為什麼一定要動手？能用語言解決，不是更方便嗎？」

「你能說服他嗎？」艾威奇怪的問。

龍耀向前一步，說：「前輩，我們三人現在合作了。」

李洞旋生氣的一抖袍袖，說：「哼！三個不知天高地厚的小輩，以為聯手就能勝過我嗎？」

龍耀搖了搖頭，說：「我們不需要勝過你，只需要勝過你的徒弟。」

「嗯？」

「如果你不答應我們的條件，我們就選兩個人絆住你，另一個人殺光你的徒弟。」

「你——」李洞旋沒想到龍耀會想出如此的毒招，目瞪口呆的不知道該如何回答了。

「我們的條件很簡單，就是打開封印葫蘆。」龍耀說。

「不可能！」李洞旋回答的很堅決，說：「如果打開這只葫蘆，讓裡面的妖怪出來，那會害死千萬生命。我怎麼能為了徒弟的性命，而害得天下生靈塗炭？」

龍耀聽李洞旋的語氣嚴峻，知道無法用威脅逼他就範，便想了一個折衷的辦法，說：「那這樣吧！今晚就到這裡了，你放我們三人離開，並把葫蘆交給我們。」

李洞旋捋著鬍鬚思考了一會，說：「好！今晚就放你們一馬。」

龍耀與艾威、劉飛交換了一下眼神，撿起葫蘆便飛躍出了道觀的高牆。

李洞旋望著三個消失的身影，抖手收回了半空中的大氅，對徒弟說：「飛火傳書給總門，就寫八個字：萬分緊急，速來支援。」

但他身後的小徒弟都沒有動，尷尬的氣氛持續了一會兒，有一名弟子從懷裡掏出手機，飛快的發出了一條短信。

李洞旋的眉頭皺了起來，說：「那是什麼東西？」

徒弟膽怯的說：「師父，現在都用手機來聯繫了，總門早就停用飛火傳書了。」

「呃——難道為師落伍了嗎？」李洞旋無奈的搖了搖頭。

006 四大名鋒

龍耀、艾威、劉飛三人逃出了清游宮，坐在山下的公路旁喘息著。突然，劉飛抬手瞄準向了龍耀，合作關係也就此宣告終結了。

「你想在這裡動手？」龍耀揉著發痛的肩胛骨。

「哼！我不是那種趁人之危的小人。」劉飛把手指收回來，說：「不過，葫蘆要交給我。」

「可以！但你要回答我一個問題。」

「你說吧！」

「枯林會為什麼要消滅其他靈能者？」

劉飛的眉頭明顯的一皺，說：「為什麼要問這個問題？」

「好奇而已。」

「具體的原因，我也不知道。」劉飛搖了搖頭，說：「不過，我猜可能是為了控制數量。」

「什麼意思？」

「似乎是達到某個數量後，就會出現恐怖的事情。」

原來還有這種秘密啊！如果莎利葉知道的話，一定會非常高興的。龍耀看了看手中的葫蘆，他有點懷念那個高傲的小丫頭了。

「葫蘆歸你了。」龍耀把葫蘆丟了過去，又說：「上面有道門的封印，只有修真者才能打開。」

劉飛掂了掂封印葫蘆，轉身要離開的時候，又問：「晴雲，還好嗎？」

在成為靈能者之前，劉飛和葉晴雲是青梅竹馬的好朋友。但可惜命運弄人，讓他們加入了兩個對立的組織。

「為什麼你不親自去找她問問？」龍耀說。

劉飛沉默了，過了一會兒，才喃喃的說：「我不想讓她傷心。」

說完這句話，劉飛便走入樹林，消失在了陰影中。

艾威瞪大了眼睛看著，說：「你就這樣讓他走了？那胡培培怎麼辦啊？」

龍耀整理了一下衣領，說：「讓你的人查劉飛的下落，看有多少人跟他在一起。他敢再次回來，絕不會單身一人。」

「哦！」艾威傻傻的答應了一聲，忽然又想起了什麼，說：「喂！你把我當下屬了？」

「隨便你怎麼理解，但如果你想救胡培培，就得按我說的去做。」龍耀跨上了機車，先一步下山。

當龍耀騎車返回市區時，太陽已經爬上了地平線。龍耀直接騎車去了學校，又遇到葉晴雲值日。

「龍耀，校規規定學生不准騎機車的，被老師發現的話，可是會被記過的。」葉晴雲膽戰心驚的張望著四周，生怕被人看到她正在徇私舞弊。

龍耀沒有搭理，只說：「我見到劉飛了！」

葉晴雲的臉色頓時一變，說：「他又回來了嗎？」

「嗯！還是為了那顆稀有靈種。」

「那你要小心了。」

「已經不要緊了！那顆稀有靈種的靈氣，已經不在我身上了。」

「去哪了？」

「一半在我家裡，一半在葫蘆裡。」

「啊！怎麼會分成兩半？」

「說來話長！我先問妳一個問題。」

「你說吧！」

「靈樹會的宗旨是什麼？」

「保護靈能者的安全。」

「換句話說，就是讓靈能者越來越多了？」

「對啊！」

龍耀捏著下巴思索了起來，枯林會的目的是限制數量，而靈樹會則是增加數量。這兩個對立的組織，其目的也是根本對立的。這必定隱藏著一個巨大的秘密，致使兩組織採取完全不同的策略。

龍耀沒有再向深處問，因為葉晴雲太單純了，不可能知曉更多秘密。

龍耀一天都在考慮這個問題，課程什麼的半點也沒有去聽。甚至連班導師宣佈考試成績，激動的表揚他是全市第一名時，他的眼皮也沒有因此多眨一下。

與此同時，在紅島市的一家高級酒店裡，劉飛正盯著封印葫蘆發呆。

劉飛的對面坐著一個黑人，頭上戴著大耳機，腰間插著時髦的隨身聽，額頭上戴著紅色風鏡，一副時尚潮男的穿著打扮。在黑人男子的腳邊，胡亂的放著一堆工具，有崩了刃的斧頭、斷了嘴的鉗子、掉了頭的錘子。

「喲！喲！喲！一個古老的中國葫蘆，帶著神秘的東方玄術，它讓傑克遜一籌莫展。」黑人男子搖晃著雙手，用帶著洋味的中國話，合著Rap的節奏唱。

這人跟劉飛的年齡相近，同樣也是枯林會的成員。

劉飛的個性本來就很孤僻，自從成為靈能者之後，就變得更加難以接近了。然而，傑克遜卻和他成為了好朋友，雖然劉飛從來沒有承認過。

傑克遜這個人也有些怪異，總喜歡拿熱臉去貼冷屁股。你越是不給他好臉色，他越是喜歡跟著你。

「龍耀說，只有修真者才能打開，看來這次沒有騙我。」劉飛歎了一口氣。

「龍耀，一個橫空出世的名字，一個能讓 Mr. liu 吃癟的人，傑克遜好想早點見到他。」黑人又在一旁唱了起來，雙手還搖晃著打拍子。

「你吵死了！」劉飛生氣的撿起葫蘆，狠狠的丟向了傑克遜。

葫蘆砸在傑克遜頭上，反彈了一下後，撞碎玻璃窗飛了出去。

「Oh！No！No！這裡可是二十九樓，會砸到樓下小朋友的。就算砸不到小朋友，砸到花花草草，也是不好的。」傑克遜向著的窗戶一撲，雙手抓住窗扇的一邊，身體倒立在了窗前，用光腳接住了那只葫蘆。

傑克遜以手代步走了回來，雙腳不斷的踢動著葫蘆，就像是在耍雜技一般。

但就在傑克遜得意的表演之時，忽然手掌按在了一塊燒肉上，「哧溜」一聲滑摔到了桌子下。

「Holyshit！Mr. 屠夫，到底是什麼傷害了你，讓你一直孤獨的藏在暗處，而且還吃這種能讓心血管爆炸的食物？」傑克遜雖然摔了一個狗吃屎，但仍忘不了他的 Rap 藝術。

屠夫是兩個月前加入枯林會的，是LV2 的強靈系寄生能力者。他的靈樹印記在舌頭下面，只要舌頭不被破壞了，就可以無限的寄生到新身體上。

屠夫在上次靈種之戰中，被莎利葉砍了兩次頭，但兩次都找到了寄生體。現在他的身體就像是一堆七拼八湊的肉塊，臉上長著三張奇醜無比的大嘴巴，所以一直無法抑制食欲的誘惑。

這時，房間的門打開，走進了四個男人。

為首是一名四十多歲的中年人，硬如刀削的面部線條，獨狼一般冷酷的眼神，如鐵絲似的落腮鬍子，再加上一道斜過額頭的刀疤，塑造出一個久經沙場的鐵漢形象。

跟在他身後的三個男人，就像是用模具統一製造的，不僅穿著一樣的黑色西裝，還留著一樣的軍隊式平頭，長著一樣的無表情的面孔。

「嚴岩隊長！」劉飛和傑克遜立刻起身，低頭對這名男子行禮。

這名男人便是此次行動的隊長，隸屬枯林會的資深靈能者，靈能等級為強靈系的LV5，有著豐富的戰鬥經驗和實力。

「嗯！準備作戰會議。」嚴岩用眼神示意了一下，跟著他進來的三名下屬，立刻將窗簾全拉上了，然後打開早就準備好的投影機。

投影機的第一張照片就是龍耀，旁邊還清晰的列舉著他的資料。

嚴岩站在投影機的螢幕旁，手握著紅色的激光筆，說：「龍耀，十七歲，兩個月前成為靈能者，擁有一顆笑臉的稀有靈種，推測其靈能等級為LV3，推測其類別為通靈系。此人最為棘手的是，推測其智商高達兩百以上，是世界上最聰明的人類之一。」

傑克遜和三名黑衣人都倒抽了一口冷氣。

嚴岩的虎眼望向了劉飛，說：「我們之中，只有你和屠夫跟他接觸過，你認為他有可能加入枯林會嗎？」

劉飛搖了搖頭，說：「以我對他的認識，他不會加入任何組織，任何組織也箝制不了他。」

「如果是這樣的話！我們就必須除掉他了。」嚴岩搖晃了一下手中的激光筆，投影機中換上了莎利葉的照片，「這個女孩是龍耀的召喚靈，推測是傳說中的墮天使莎利葉，千萬不要被她的外表迷惑，她可是有著人類無法企及的力量。」

「Oh！Oh！My God。竟然召喚墮天使，世上竟有如此大惡。」傑克遜驚歎。

「但也不用太過懼怕了，因為召喚靈的能力，取決於通靈師的等級。龍耀是LV3的靈能者，通靈等級也應該是LV3，所以莎利葉無法使出全力。」

劉飛突然想起了什麼，說：「隊長，或許我們不需要跟莎利葉動手，我在昨晚跟龍耀碰了一次面，發現莎利葉並不在他的身邊。」

嚴岩的眉頭皺了起來，說：「那會在哪裡？」

「可能是被道門抓走了。」劉飛指向封印葫蘆。

「道門，難道是持戒者？」

「可能是。」

嚴岩的拳頭慢慢的攥緊了，旁邊的牆壁化成一片粉塵，旋轉著凝結在了他的手上，讓他擁有了一隻石拳。

「必須快點採取行動了，否則持戒者會出手的。」嚴岩神色嚴峻的說。

忽然，客房的門鈴響了起來，一名侍應生推進餐車，說：「劉飛先生，您點的菜。」

「我什麼時候點過菜？」劉飛稍微驚訝了一下，繼而想到了桌下的屠夫，說：「好！放下吧。」

餐車打開之後，裡面只有一道菜——油膩膩的烤乳豬。

「Oh！No……」傑克遜慘叫了一聲。

侍應生退出客房之後，轉身便打了一個電話，把情況報告給了艾威。艾威的小弟遍佈全市，各行各業裡都有他的眼線。

艾威收到消息後，立刻告訴了龍耀。龍耀當時正在上課，只好去走廊裡接聽。

聽完了艾威的講述之後，龍耀閉著眼睛思考了一陣，說：「他們肯定會對我不利的。」

「那怎麼辦啊？」

「你把這個情報透露給李洞旋，並強調一下情況的嚴重性。」

「怎麼強調啊？」

「笨蛋！就說紅島市要陷入異能大戰了，大量無辜的市民會被牽涉其中。」

「我明白了。對了，胡培培還好嗎？」

「比活著的時候還要好。」龍耀掛掉了電話，推開教室的門，說：「報告！老師，我肚子痛得很厲害，能不能麻煩班長送我去保健室？」

班導師咬牙切齒的盯著龍耀，說：「你剛才說要去廁所，卻在走廊裡面打電話，以為我是聾子啊？現在又想找藉口曠課，是不是啊？」

班導師的話還沒有說完，葉晴雲便快步跑了出去，和龍耀一起消失在走廊裡。

班導師猛的掰斷了粉筆，手指甲狠抓了一下黑板，在一陣尖銳的摩擦聲中，大吼說：「啊！

氣死我了，現在的學生……」

龍耀拉著葉晴雲的手，一路狂奔下了教學樓。

葉晴雲緊張的問說：「出什麼事了？」

「枯林會來人了，至少有六個人，目標應該是我。」

「那怎麼辦啊？」

「馬上到我家取東西，然後去見妳姑姑。」

「取什麼？」

龍耀跨上了機車，眼珠子向上一翻，突然轉了一個話題，說：「妳害怕無頭女屍嗎？」

「啊！怎麼突然問這個？」葉晴雲疑惑的問。

十五分鐘後，葉晴雲終於知道原因了，當她看到無頭女屍時，差一點癱倒在地上。

「這、這、這是什麼啊？」葉晴雲緊張的問。

龍耀找出一個大旅行袋，說：「來不及細講了！快把她裝進去。」

龍耀將胡培培裝進旅行袋後，又馬不停蹄的奔向葉可怡家。途中，他們還闖了幾個紅燈，警

車追了他們好久，要他們停車接受檢查。

葉晴雲抱著大旅行袋，坐在機車後座上面，問：「龍耀，怎麼辦？」

「不能停車！否則會被當成殺人分屍案的。」龍耀將油門擰到最大，猛的衝進了快車道，「抓緊了。」

「啊——」在葉晴雲的一陣尖叫聲中，龍耀向立體交流道射出龍涎絲，「嗖」的一聲，將機車吊飛了起來。機車在半空中旋轉了三百六十度，最後落在了立體交流道的上層，然後調頭衝向了另一個方向。

交警呆呆的站在立體交流道下，嘴巴張得能塞進兩顆雞蛋，心裡暗想：「難道是最近工作壓力太大了，是不是應該去看看心理醫生啊？」

到達葉可怡家中的時候，葉晴雲第一個動作就是搖晃著進了洗手間，然後裡面傳來聲嘶力竭的嘔吐聲。

龍耀提著旅行袋，直接來到圖書室。葉可怡果然是在看書，王風鈴也侍在一旁。王風鈴是葉可怡的弟子，LV3的強靈系靈能者，曾與龍耀並肩作戰過。

當龍耀打開旅行袋時，葉可怡和王風鈴也被嚇了一跳，然後聽完了龍耀的詳細講述，才從分屍案的聯想中清醒過來。

「也就是說，與你成一對的另一顆稀有靈種，它所攜帶的靈能力是『不死』。」葉可怡說。

「是的。」龍耀點了點頭。

「她的頭被惡龍吃掉了，然後又裝進了葫蘆裡？」

「對！」

王風鈴大著膽子摸了摸胡培培，見她的手腳竟然會本能的去躲，「真是太神奇了！如果找回她的頭，那她還能變回原樣嗎？」

「肯定可以。」

「你怎麼知道？」王風鈴問。

「我用她的手指做過試驗。」龍耀說。

王風鈴的嘴角抽搐了兩下，說：「你這個變態人體試驗狂。」

葉可怡抿了一口紅茶，說：「風鈴，現在不是開玩笑的時候，妳趕緊去聯繫靈樹會總部，讓他們速派靈能者前來支援。」

「明白了！」王風鈴答應了一聲。

龍耀看向葉可怡，說：「我的家人會不會受牽連？」

葉可怡搖了搖頭，說：「如果枯林會傷害普通人，會被玄門共同討伐的，估計他們也不敢冒這種險。」

「那就好！接下來的幾天，我不想回家了。」

「沒問題！住我這裡好了。」

與此同時，清游宮中也迎來一位客人，他就是總門派出來的援兵。這人比李洞旋年輕一些，穿著一身手工訂製的名牌西裝，中分頭型打著堅硬的定型液，臉上戴著一副大號的黑色墨鏡，手腕上掛著一根小指粗細的金鏈子，手中提著一只窄而細長的密碼箱，金鏈子將手腕和密碼箱緊連在一起。

掃地的小道士看到這人，還以為是來進香的善主，便告知說：「清游宮裡正在修繕，近幾天不開門納客。」

來人微笑著摘下了墨鏡，露出炯炯有神的雙眼，說：「告訴你們師父，就說師弟張鳴啟前來拜見。」

小道士一聽原來是師叔，趕緊跑回觀裡去報告了。

不一會兒，李洞旋親自出門迎接，把張鳴啟讓進了迎客殿，擺出瓜果茶水來款待。等小道士都退出去之後，張鳴啟才詢問事件的詳情。

李洞旋把來龍去脈細說了一遍，張鳴啟呆愣了一刻鐘，才說：「無字天書，被那少年悟透了？」

「可能還沒有完全悟透，但已經被他吸收進腦中，參悟只是早晚的事情。」

「這……」

李洞旋和張鳴啟學成下山之時，他們的恩師贈送了三樣寶物，李洞旋拿到了封印葫蘆，張鳴啟拿到密碼箱中的那件。第三件是給師兄弟兩人共同研究的，就是那本晦澀難懂的《無字天書》。

這書雖名為無字天書，但上面卻寫滿了文字。不過書中面的文字極難理解，不同的人在不同的時間讀，會從書中讀出不一樣的文意。

據說，只有悟性極高的人，才能看清天書的本意。而且無字天書只傳一人，當有人能參悟天

書時，天書就會變成真正的「無字」。

李洞旋和張鳴啟悟道多年，對無字天書也研究了多年，卻始終沒能得到書中的真意。張鳴啟覺得是師父在戲弄他們，便將《無字天書》完全丟給了師兄一人。

近些年來，李洞旋在這座小道觀裡修身養性，竟也從天書裡悟出了幾分苗頭，學會一招「以氣化身」的術法。

不過，李洞旋知道這已經是自己的極限了，他永遠不可能完全剖析書中完整的奧秘。就在他有些灰心喪氣的時候，沒想到龍耀竟然吸收了無字天書的文字。

天書因龍耀而成就了自己的名字，成為了名副其實的無字天書。

「看來那個叫龍耀的年輕人，的確有著非凡的悟性。」張鳴啟輕抿了一口茶，說：「但我怕他會走上邪路。」

「我也有這種擔心。」李洞旋也說出自己的隱憂，說：「此人恃才傲物，桀驁不馴，偏執於一己之念。」

「師兄想收此人嗎？」

「正是！我們道門近些年來人才凋敝，在玄門中的統治地位也岌岌可危。如果能收服龍耀，那中興之日就不遠了。」

「如果不能收服此人呢？」

「此人一定要收服。」

張鳴啟抓緊了密碼箱，說：「師兄，我知道你愛才心切！但請恕我直言，如果不能收服，只能斬草除根了。」

「這——」李洞旋喝了一口茶，說：「這還是請示總門吧！」

「不必了！總門派我前來，讓我全權代理。」

兩人僵持在茶桌旁，久久不再說一句話。

就在這個時候，一個小道士闖了進來，手裡捏著一頁記事紙，說：「師父，昨晚鬧事的那個流氓送來一封信，上面說枯林會要在紅島市大開殺戒。」

李洞旋和張鳴啟聽完這句話，兩人的臉色都是一陣大變，感覺到事態越來越嚴重了。

張鳴啟暫時住在了清游宮中，但卻經常外出進行秘密行動。李洞旋一直很信任師弟，所以也就沒有在意。但張鳴啟卻辜負了師兄的信任，在暗中計劃著一個巨大的陰謀。

張鳴啟去的第一個地方就是郊外的酒吧，但他看到的卻只有一片倒塌的廢墟。接著他又去了遊戲廳，找到了正在發愁的艾威。

艾威看到張鳴啟出現，激動的說不出話來，「師、師、師……」

張鳴啟伸出一隻手來，示意艾威不要說出來。他領著艾威來到僻靜處，才問：「郊外的基地怎麼了？」

「我也沒有搞清楚詳情，只聽說是被李洞旋毀了。」艾威撓著後腦勺，說：「對了，師父，你知道李洞旋嗎？」

張鳴啟的眉頭皺了起來，說：「李洞旋怎麼了？」

「他不僅毀掉了我們的基地，還拿走了胡培培的腦袋。」

「胡培培死了？」

「沒死！只是腦袋沒了。」

張鳴啟聽糊塗了，說：「腦袋沒了，不就是死了。」

「不！不！腦袋雖然沒了，但身體還活著。」

「你在說什麼胡話！」張鳴啟罵道。

艾威懊惱的低下了頭，說：「我也說不清楚，是龍耀告訴我的，他還說……」

「慢著！你認識龍耀？」張鳴啟驚訝的問。

「是啊！本來我們是仇人，但為了救胡培培，我們現在合作了。」

「很好！把有關龍耀的事情，事無鉅細的告訴我。」張鳴啟冷笑著說。

艾威的嘴角抽動了兩下，說：「師父，你的表情好可怕。」

張鳴啟低頭咳嗽了兩聲，換上了為人師表的表情，說：「快說！你這個廢物。」

艾威擦了擦額頭上的冷汗，說：「還是這個樣子，我比較習慣。」

張鳴啟聽完了艾威的彙報之後，便囑咐他繼續跟龍耀保持聯繫，並且千萬不要透露自己的訊息。

然後，張鳴啟馬不停蹄來到了枯林會落腳的酒店，站在走廊裡對著牆壁唸了一聲道咒，隨後便邁步穿過厚重的混凝土牆鑽了進去。

傑克遜正在聽搖滾樂，搖頭晃腦的站著街舞，赫然看到張鳴啟站在面前，「Oh～My God，這難道就是穿牆術嗎？傑克遜終於見識到正宗的東方術法了。」

傑克遜的街舞動作沒停，翻身使出一個高旋踢，腳踵擦過張鳴啟的鼻尖。張鳴啟雖然身材魁

梧，但筋骨卻沒有半點僵硬，輕輕一個下腰便閃了過去。

隨後，張鳴啟輕拍了一掌，直劈向傑克遜的腦門。但在掌面要接觸的時候，他卻突然將手停了下來。

雖然這一掌沒有直接擊中，但狂暴的掌勁卻激射而出，將傑克遜震飛到了桌子上。桌子應聲碎成了碎片，然後屠夫從裡面鑽了出來，張開三張大嘴暴吼了一聲，憤怒的撲咬向了張鳴啟。

張鳴啟的眉頭緊鎖了起來，說：「妖怪，拿命來！」

張鳴啟將屠夫當成了妖怪，因為那傢伙的確不像人樣。既然對方是隻妖怪，那就沒必要留情了。

張鳴啟快掌飛劈而下，竟然如利劍一般鋒利，輕鬆砍斷了屠夫的肩膀。

就在這個時候，一道銳利的聲音從隔壁傳來，牆壁應聲被切開了一條細口，那條細口向著張鳴啟延伸而來。

「這是——劍刃？」張鳴啟吃了一驚，旋即抬起密碼箱。密碼箱中傳來一陣輕吟，接著萬道金光乍射而出，將無形的劍刃粉碎掉了。

客房的牆壁轟然倒塌，露出了劉飛的身影。

張鳴啟打量的對方，臉上掛滿了驚訝，說：「好劍氣。」

傑克遜滾身躲過牆壁碎塊，接著以手代腳走了幾步，又是一腳踢向了張鳴啟。屠夫被砍斷了肩膀後，埋藏在心中的獸性更加狂暴了，以三肢著地的姿態再次撲出。劉飛也看出了此人的不凡，手下不敢有一絲一毫的保留，雙手各揮出了一條無形利刃。

就在三人合攻張鳴啟的一瞬間，無數的碎石粉塵忽然旋轉著聚集，組成了一道圓環形的石牆。

劉飛三人的攻擊都撞在石牆上，然後被一股巨大的靈力彈開了。

「住手！就憑你們這些三腳貓的功夫，也敢向道門四大名鋒出手？」

嚴岩從房外走了進來，向著碎石構成的石牆打了一個響指，石牆「嘩啦啦」的碎成了小石粒。

張鳴啟邁步走出石圈，說：「嚴先生，聽說你到此地公幹，在下特來拜會一下。」

嚴岩也客氣回了一禮，道：「張道長，神劍之風，不減當年啊！」

嚴岩和張鳴啟雖然談不上有什麼交情，但兩人都是玄門中有頭有臉的人物，所以碰面還是需要客氣一下的。

嚴岩命令劉飛泡了茶，跟張鳴啟慢聊了起來。兩人起初只說些閒話，後來轉到了龍耀身上。

「你們要殺龍耀？」張鳴啟問。

「不錯。」嚴岩據實回答，又說：「此人屢次與枯林會作對，我們有理由對他出手，希望張道長不要干涉。」

持戒者雖然是玄門的執法者，但執法的權限卻非常的尷尬，比如說他們雖然可以懲罰玄門對普通人出手，但卻無權干涉玄門中人之間的內鬥。

張鳴啟露出一絲笑意，說：「我不僅不會阻止你們，反而還想幫你們一把。」

「哦！如果能得張道長相助，那這事成功的機率大增，不過不知道張道長有什麼條件？」

「龍耀死時，不能破壞大腦，大腦由我帶走。」

「你要他的大腦？」嚴岩的臉色稍微一變，說：「張鳴啟，你果然不是一般的道門中人。」

「呵呵！互利合作。」張鳴啟笑說。

「好！但我還有一個附加條件。」

「你說。」

「幫我打開這葫蘆。」嚴岩向著旁邊一指，劉飛舉起了封印葫蘆。

張鳴啟只看了一眼，便點了點頭說：「這個容易！事成之後，我馬上替你們解封。」

007

一氣化三清

龍耀自從成為靈能者之後，就再也沒有閉眼睡過覺。以前有同樣不睡覺的莎利葉，可以陪他待上一整夜。雖然莎利葉大多數時間都在獨自吃甜點，但卻能驅散龍耀心中的那份難抑的孤獨。

現在，又到了夜半三更的時候，樓內的其他人都進入了夢鄉，只剩下龍耀獨坐在檯燈下。龍耀翻閱過幾本書後，越發覺得內心中的寂寞。

他慢慢的合上了眼睛，希望找回睡覺的感覺，能讓自己暫時忘掉一切。當龍耀的眼睛閉合之後，世界突然變得黑暗且深邃，像是置身於無窮的宇宙一般。

龍耀放鬆自己的大腦，不用意識去控制思維，而讓思維自由的延伸。忽然，在茫茫的黑暗之中，有一個空靈的聲音響了起來。

「道生一，一生二，二生三，三生萬物……」

龍耀的身體不由自主的一震，沒想到大腦想起無字天書。雖然自己那天看完了無字天書，但卻只是把它吸收進了潛意識裡，意識中還沒有完全的領悟透徹。現在，大腦竟然在反思那本書，逐字逐句的解析其中的含義。

雖然龍耀的大腦在自動解讀，但龍耀依然有些聽不太懂，不知道「一氣化三清」到底該怎麼使用。

不過龍耀依然很享受這種狀態，因為這讓他找回了做夢的感覺。

但是夢做多了，會影響睡眠。而這種冥想狀態也是，大腦皮層一直活躍著，對身體的負擔是非常大的。

第二天，龍耀睜開雙眼的時候，眼眶已經變成了熊貓眼了。

葉可怡被龍耀的樣子嚇了一跳，還以為他是在擔心安全問題，便安慰說：「今天，靈樹會的援軍就會來到。你也不要去學校了，讓晴雲替你請一天假，你去釣魚放鬆一下吧！」

葉可怡的別墅就在海邊，那裡有一大片的礁石灘，是海釣休閒的理想場所。

龍耀接受了葉可怡的建議，在礁石灘上找了一個地方，一邊享受著垂釣，一邊欣賞著大海，但是無字天書裡的詞句仍在腦海裡揮霍不去。

感受著大海和藍天之間的靈氣，龍耀又進入了那種飄渺的狀態，天地之間的一切都變得透徹了。無處不在的氣流縈繞在龍耀身旁，像是雲朵似的變出各種各樣的形狀，模仿著世間的萬事萬物的形態。

「咦！這種感覺是……」龍耀感覺已經感受到了啟迪，「無字天書」的真意呼之欲出了。

可就在這個時候，氣流突然改變了，有濃濃的殺氣襲來。

龍耀緩緩的睜開雙眼，看到海上駛來一艘遊艇。劉飛迎風站在船首上，眼中流露出凌厲的殺氣。

「龍耀，我找你找的好苦。沒想到你竟會藏到這裡，想尋求女人的保護嗎？」劉飛說。

「劉飛，我等你等的好苦。我故意避開家裡的普通人，給你製造這麼大的機會，你難道不想感謝嗎？」龍耀笑問。

劉飛一聽到這句話，心中突然起了一顫。他見龍耀如此的冷靜，害怕中了他的埋伏。可惜龍耀只是在擺空城計，目的是把時間拖得更長一些，以求靈樹會的援軍趕緊前來。

傑克遜扭動著街舞舞步，從船艙裡轉了出來，說：「Oh！這位就是Mr. Long嗎？果然有不遜於Mr. Liu的氣勢。聽說你們兩人還是情敵，這可真是造化弄人啊！」

劉飛被傑克遜鬧得心煩意亂，朝著他的黑屁股猛踢了一腳，說：「少說話，多做事。」

「Oh~My God！」傑克遜就像石片似的，旋轉的砸在海面上，向著岸邊彈跳過來。

龍耀猛的一揮釣魚杆，從水中釣起一條大魚，然後猛拍向了傑克遜。「啪」的一聲響，魚尾巴拍在傑克遜臉上，打得他沉進了海水中。

但傑克遜馬上施展開舞步，竟然踩著海水衝向了龍耀，一腳踢碎了龍耀坐著的礁石。

龍耀縱身上躍避開，又拿魚杆如矛似的刺了下去。但傑克遜竟然手腳顛倒過來，用手倒立在光滑的礁石上，用雙腳夾住了勢若千鈞的魚杆。

龍耀丟開了釣魚杆，向著身後連續翻滾，同時放下了一根龍涎絲。傑克遜的雙手交替前進，速度竟然不比龍耀的腳慢。可惜他沒有防備龍耀的陷阱，被纏在了兩塊礁石的縫隙裡。

「Oh！No……東方的詭計。」傑克遜大聲叫道。

龍耀趁機要取傑克遜的性命，但船上突然又跳下三個人影，分左中右三面夾擊向了龍耀。龍耀偷偷的將一枚針灸針吞入口中，然後舉起雙手彈出了六枚針灸針，分別逼退了左右兩名敵人。等到中間的一名敵人衝到近前，龍耀才猛的張嘴吐出口中的針。

那人沒有預料到這一手，眉頭正中央中了一針，慘叫一聲倒在了礁石上。

枯林會第一波攻勢到此為止，遊艇慢慢的靠到了岸上。嚴岩從船艙裡了走了出來，說：「看來我們的情報出了錯誤，龍耀的等級至少有LV3.5。」

「但這挽回不了他的性命。」劉飛的眼神一凜，說：「屠夫，你也上。」

「啊！」屠夫的三張嘴一起發出吼叫，提著兩把砍骨刀衝向了龍耀。

就在這個時候，一個窈窕的身影閃出，雙拳對擊在刀刃上。屠夫被震得雙刀險些脫手，像大肉球似的滾翻在地。

「敢在靈樹會的地盤殺人，你們枯林會也太猖狂了。」王風鈴站在龍耀面前，說：「龍耀，我們的援軍到了。」

龍耀回頭望向別墅的方向，見幾個人站在窗戶後面，但卻沒有一人過來助陣。龍耀的心中升起了幾份不祥的感覺，說：「為什麼他們不出面？」

「他們帶著總部的命令，稱只幫助靈樹會的人。所以，只要你現在答應加入靈樹會，那他們馬上就會過來。」王風鈴說。

「哦！原來是臨陣要挾啊！」龍耀冷笑。

「龍耀，你是聰明人，別太固執了。死在這裡的話，就一切都完了。」王風鈴先曉之以理，繼而動之以情說：「晴雲可是很擔心你的，你可千萬不要讓她傷心。」

「形勢逼人啊！」龍耀閉上雙眼猶豫了一陣，終於說：「好吧！我願意……」

在龍耀的這一聲長腔之中，王風鈴露出了喜悅的笑容，劉飛則嫉恨的咬住了嘴唇，其餘的人都在緊張的看著。

但在龍耀的話音要落地的瞬間，忽然地平線上傳來一聲驚雷，說：「且慢！」

一道氣勢驚人的風吹過地面，捲著海灘上的沙石四下翻滾，李洞旋和張鳴啟踏步而來。李洞旋的道袍獵獵作響，狂湧的氣勢震懾著每一個人。

嚴岩與張鳴啟偷偷交換了一個眼神，又面無表情的看向了李洞旋，說：「李道長，玄門中人的內鬥，好像你無權干涉吧？」

「不錯！」李洞旋點了點頭，說：「但我這次不是以持戒者的身份而來。」

「那你還有什麼立場？」

「龍耀已習得我道門秘術——一氣化三清，貧道要帶他回總門拜師認祖。」

「這……」嚴岩大吃了一驚。

龍耀也感到十分意外，沒有想到曾經的死敵，竟然會前來救他的命。而那些約定好的戰友，卻躲在別墅裡面如同路人。

這可真是世事無常啊！龍耀仰天感歎了一聲。

嚴岩的嘴角露出一絲冷笑，說：「這麼說，你跟我們搶人，是屬於玄門內鬥了？」

李洞旋點了點頭，說：「正是如此。」

「那就請恕在下無禮了！」

嚴岩縱身跳離了遊艇，雙腳踩著沙灘而來。他每一腳都沾上大量的沙，那些沙流動著包裹住他的身體。當嚴岩奔到龍耀的面前時，已經變成一尊巨大的沙人，揮著重拳如鐵錘般砸下。

李洞旋也在同一時刻動了起來，踏著八卦步似慢實快的趕來，伸出兩根手指捏成劍訣一擋。轟然一聲驚天爆響，沙石向四周飛濺，龍耀也被震飛了出去。

嚴岩身上的沙甲如陶瓷般崩碎，但馬上又用靈力吸起四周的礁石，組成一層更為厚重的石頭盔甲。李洞旋知道對手並不是易與之輩，因此攻防之間十分的小心有致，而且一開始就把功力提至八成，完全不似與龍耀對打時的那般輕心。

兩人在沙灘上大戰，所到之處沙石爆裂，海潮為之震盪不止。在場的人中，除了張鳴啟穩站在勁氣中，其餘的人都被掀飛了出去。

龍耀摔倒在碎石之中，掙扎著爬到礁石後，躲避著頭頂的飛石。王風鈴也受不了這種氣勢，跟龍耀躲藏到了同一個地方。

「你們靈樹會真不夠意思。」龍耀抱著頭說。

「我也沒有辦法啊！這都是高層的決議。」王風鈴無奈的攤了攤手，頭上立刻挨了兩塊石粒，只好再把手放到腦袋上防護著。

「枯林會的隊長是什麼等級的？」

「那個人叫嚴岩，是LV5的強靈系，靈能力是吸附土石。」

「同樣是LV5級，比妳師父強多了。」

「我師父是智靈系，本來就不適合戰鬥，而且她還身患殘疾。」

「那個道士有多少級？」

「我對道門的等級不太瞭解，不過實力要接近LV6的靈能者。」

「他身邊的那個幫手呢？」

「實力相近。」

「妳確定嗎？」

「當然！我的眼力很準的。」王風鈴自負的說。

龍耀的眼神突然一凜，驚說：「不好！有詐。」

「什麼意思？」

「連妳都能看出實力差距，那嚴岩就更應該知道了。但他竟然敢挑戰兩個高一級的人，這裡面必定隱藏著什麼陰謀。」

龍耀硬著頭皮探出腦袋去，看到兩人還在激烈的交手。龍耀想找機會靠過去，警告李洞旋一句。但令他沒有想到的卻是張鳴啟突然閃身靠近，不由分說就砍出一手刀。

那手刀與真刀沒有什麼不同，斬開礁石如同切豆腐一般。龍耀藏身的礁石當即裂成兩半，胸前也出現了一道大口子。

「啊！」龍耀吐出一口鮮血，向著後方跌倒下去。

王風鈴雙手捂著耳朵，什麼聲音也沒有聽見，但卻突然看到眼前一紅，接著龍耀躺倒在了面前。

「這是怎麼回事？」王風鈴大驚失色，起身的同時出手。隱藏在手臂裡的骨刃，撕裂她的兩

根衣袖，如螳螂前爪似的伸了出來。

雖然王風鈴還沒有看清敵人是誰，但骨刃已經直削向張鳴啟的面門。張鳴啟帶著一絲陰鬱的冷笑，揮手削出了一道鋒利無比的劍氣。

「噹」的一聲響，王風鈴的骨刃被削斷在半空中，接著又被張鳴啟一腳踢了出去。

張鳴啟來到龍耀的面前，一腳踏住他前心的肋骨，說：「龍耀，不要怪我心狠手辣，要怪就怪你太聰明了。」

在另一邊激戰的李洞旋，突然看到這驚人的一幕，立刻用氣勁震開了嚴岩，大吼說：「師弟，你在做什麼啊？」

「師兄，你我修道幾十年，卻無法得到無字天書，但這個小子只看了一眼，就領悟了其中奧秘，你說老天這樣做公平嗎？」

「這只能說是天命。」

「哼！我是不會認命的。」

「你想怎麼樣？」

「我要取走他的腦袋，再用搜魂吸魄大法，把天書的奧秘奪過來。」

「師弟，你瘋了嗎？我們是名門正派，怎麼能做這種事？你如果敢這樣幹的話，天下玄門必會共誅你。」

「哈哈！只要我得到無字天書，天下玄門不過螻蟻而已。」張鳴啟的手上凝聚起了劍氣。

「不行，快住手……」李洞旋邁步要衝過來。

「道長，你的對手是我。」

嚴岩猛的彎腰砸了一下地面，四周的礁石發出一陣巨響，一堵高百米的石牆拔地而起，如山一般橫亙在了李洞旋的面前。

張鳴啟仰天長笑一聲，猛的揮下了手中的劍氣。

劍氣以極高的速度欺近，但在接觸龍耀的一瞬間，時間突然變成靜止的了。龍耀進入了死前的幽冥狀態，那個空靈的聲音又響了起來，反覆誦讀著無字天書的內容。

那聲音震得龍耀大腦發痛，好像腦殼要隨時炸掉了一般。

忽然，龍耀好像想到了什麼，瞳孔猛的放大到了極限。龍耀又想起與李洞旋交戰的那一夜，那時他用針灸針刺穿了李洞旋的前心，但收招後卻發現對方站在原地沒有動。

「原來如此啊！一氣化三清，是一種實體與幻影相結合的術法，虛中有實，實中有虛，真真假假，假假真真，正合道家的陰陽之理。」龍耀的嘴角微微上揚了起來，結合天書上的術法口訣，慢慢的將靈氣凝聚在自己身下。

然後，龍耀以極快的速度脫離張鳴啟的控制，縱身跳到了海岸旁邊的懸崖下面。而龍耀留在原地的那團靈氣，則在龍耀的思想控制下凝結成形，變成了與他一模一樣的實體。

這個過程看起來很漫長，但實際時間卻比一瞬還短，短到連張鳴啟都沒有察覺到。

下一個瞬間，張鳴啟的劍氣掃了過來，將龍耀假身的脖子切斷。

「哈哈！到手了。」張鳴啟一腳踢開了屍體，手提著頭顱大笑起來。

就在這個時候，嚴岩製造的石牆發出一陣爆響，李洞旋如炮彈一般射了出來，對著張鳴啟便轟出了一掌。

張鳴啟感覺到掌風的凌厲，猛的提起鎖在手上的密碼箱。密碼箱發出萬道刺眼的金光，猶如萬劍齊發一般的襲向李洞旋。李洞旋在半空中身中數十劍，幸虧身上披著道門的星相大氅，否則現在已經被亂刃亂屍了。

李洞旋摔落到了礁石上，抱住了龍耀的無頭屍體，有淚無聲的慟哭了起來。他在為道門失去一個希望而哭，也在為道門出現一個叛徒而泣。

「啊！師門不幸啊……」李洞旋仰天長嘯，說：「難道這世間真的已經無仁義了嗎？」

「哈哈！哈哈！仁義？仁義？」張鳴啟昂天長笑起來。

「你這個背恩棄義的叛徒，遲早會被千刀萬剮的。」李洞旋罵道。

「哼！師兄，現在的江湖，已經不是你的江湖了。你已經是歷史的殘留物了，就讓師弟我幫你解脫吧！」張鳴啟一劍洞穿了李洞旋的後心，接著一腳將他和龍耀屍體踢進海中。

嚴岩擦了擦嘴角的血水，步履蹣跚的走了過來，說：「張鳴啟，你真夠心狠手辣的。」

張鳴啟提著龍耀的頭，心滿意足的笑說：「哈哈！這也要多虧你消耗了師兄的體力。」

「那你對我不會也不講仁義吧？」

「不會！不會！我們以後還有很多合作的機會呢！」

「那就好。」嚴岩向身後招了招手，劉飛抱著葫蘆走了過來。

在把葫蘆交給張鳴啟的時候，劉飛的眼睛一直盯著龍耀的頭，心中竟然泛起了些許傷感。

張鳴啟掂了掂封印葫蘆，向嚴岩輕輕的點了點頭，說：「打開這個封印不難，但需要耗費點時間。」

「我會耐心等待的。」

「那好吧！」張鳴啟輕輕唸起了道門咒語，封印葫蘆旋轉著飛了起來，上面的封印一層層的崩解，裡面的妖氣也慢慢的洩露出來。

李洞旋在天旋地轉之中，直墜進了大海的波濤中。但他並沒有漂出太遠，就被人給撈了上來。

在胸口發出一陣灼熱之後，李洞旋咳出了一大口血，眼中的世界又變光明了。他劫後重生的第一眼，看到的就是一臉淡然的龍耀。

「啊！沒想到咱倆還真有緣，在黃泉路上也能結伴而行。」李洞旋感歎。

龍耀拔出李洞旋胸前的針灸針，說：「我可不想跟一個土埋半截的老頭子同行。」

「咦！什麼意思？」李洞旋吃驚的坐了起來。

「我沒那麼容易死，當然你也是一樣。」龍耀坐在自己的假身屍體上，好奇的看著李洞旋的道袍。

李洞旋看到胸前的針灸痕跡，說：「是你救了我？」

「不！我只是喚醒了你，是這件道袍救了你。這道袍是什麼材料做的，怎麼會這麼神奇啊？」

「這道袍是道門天尊所賜，據說是天山冰蠶絲所織。」李洞旋據實相告。

龍耀的眼睛裡流淌著精光，說：「真是神奇的材料啊！就像活著的生物一樣，能送我一根絲線嗎？」

「拿去！你救了貧道的性命，一根絲線又能算什麼？」

「那多謝了！」龍耀取出一根針灸針，從道袍裡挑出一根線，心想：「回去讓林雨婷好好的研究一下，也許我的高科公司可以複製出來。」

李洞旋皺眉思考了好長一會兒，終於想到有什麼地方不對勁，說：「龍耀，你不是死了嗎？頭都被我師弟砍了。」

「啊！那是假的。」

「假的？」

「一氣化三清嘛！你不是也使用過嗎？就在我偷葫蘆的那夜。」

「咦！」李洞旋大吃了一驚。

雖然李洞旋也能製造分身，但根本無法達到以假亂真的程度，只要有意識的去分辨的話，就能輕鬆找出其中的破綻。而龍耀製造的分身簡直跟真的無區別，李洞旋和張鳴啟都是道門高人，但卻像睜眼瞎一般的被他矇騙過去了。

而且最讓李洞旋驚訝的是，他悟到這一地步花了幾十年，而龍耀卻只用了短短的幾天。

李洞旋長歎了一口氣，說：「現在，我們在哪裡？」

「在剛才戰場的下方一百米處。」龍耀指了指頭頂的懸崖。

「現在，他們在做什麼？」

「在給葫蘆解封。」

「什麼！貧道絕不允許這種事發生。」

「但這卻是我期待已久的事，所以我不能允許你破壞。」龍耀起身擋在李洞旋面前，雙手中夾著針灸針，說：「如果你執意要出去阻止的話，那我們只好在這裡打一架了。」

「你知道如果放出群魔，會有什麼樣的後果嗎？」

「那是你們的事，跟我沒有關係。我只想救出莎利葉，這件事歸根究柢，還是因為你不對，不分青紅皂白就抓了莎利葉。」

「呃！她是異界邪神，正邪不能兩立。」

「正與邪，到底是怎麼判斷的？因為你自居為『正』，異派就是『邪』了嗎？」

「這……」

「呵呵！何況你上去又能幹什麼？還不是要被你那出自『正』派的師弟再殺一次嘛！」

「唉……」李洞旋無力的坐了回去。

「等吧！等吧！等葫蘆解禁之後，我就有辦法對付你師弟了。」龍耀又坐回到假屍體上，說：「對了！你先跟我講講你師弟的招式吧！」

「張鳴啟是道門四大名鋒之一，使用的是蜀山派的御劍術，所有的內力都能化為劍氣。」

龍耀捏著下巴，說：「還真像在看仙俠小說啊！他在四大名鋒裡排第幾？」

「最末一位。」

「哦！道門果然藏龍臥虎啊！那他密碼箱裡裝著什麼？」

「一把傳自上古時代的神劍，他一般是不會讓劍出鞘的，只靠裡面的劍氣就足夠了。」

「什麼劍啊？」

李洞旋猶豫了一會兒，才說：「禹王斬龍劍。」

李洞旋正說到關鍵之處，頭頂忽然傳來一聲炸雷，一道黑氣直沖向雲宵，將整個天空罩住了，濃重的妖氣狂湧而出，方圓百里都是鬼哭之聲。

008 萬鬼日行

沖天的妖氣彌散開來，籠罩住了整個紅島市。鬼哭狼嚎的聲音響徹街頭，黑色的雲團翻湧不停，海潮一反常態的撲上了防波堤。

市民們驚恐的躲回了家中，等待著新聞給予一個解釋，專家教授們則坐到鏡頭前，推測著一些根本不靠譜的原因。

而事件罪魁禍首們卻聚在海灘上，仰天大笑著慶祝雙贏的結果。

封印葫蘆就擺在張鳴啟和嚴岩之間，黑色的妖氣向外直竄了半個小時，在這段時間裡逃出九千九百九十七隻妖怪。

最後，葫蘆突然停止了噴吐，好像嘴被堵住了一段。張鳴啟和嚴岩對視了一眼，向著葫蘆拍出一道真氣，震得葫蘆滴溜溜亂轉起來。

「砰」的一聲爆響過後，一大團濃厚如墨的黑氣噴了出來。但奇怪的是這黑氣沒有飛上天空，而是「啪」的一聲摔在地上，在海灘上形成一大灘黑色的泥沼。

一隻巨大的龍頭立在泥沼中，就像架設在工地上的起重機，對著張鳴啟和嚴岩發出一聲狂吼。

嚴岩感應到了稀有靈種的氣息，說：「我要的東西就在這怪物的口中。」

張鳴啟輕舉起密碼箱，說：「那我好人做到底，幫你斬了這頭惡龍。」

一道金色的劍氣從密碼箱中射出，直襲向了惡龍下頜處的軟囊。可突然一道銀色的亮光閃過，最後一隻「妖」從葫蘆裡逃出來了，用另一件寶物抵擋下了金光。

張鳴啟大吃了一驚，自己的寶物無物不斷，今天竟被「妖怪」擋住了。他瞪大了眼睛仔細看去，見對手竟然是一個紫髮小女孩。

莎利葉懸浮在了巨龍的身前，手裡握著象徵死亡的死神鐮刀。張鳴啟的禹王斬龍劍是上古神器，一般的武器是無法與它相抗衡的，但莎利葉的死神鐮刀卻是同級的神器，因此在威力上面絲毫不遜於對手。

話說莎利葉當時只顧著吃零食，一不小心被李洞旋收進了葫蘆裡。在葫蘆裡依然會有思想，但只是無法自由的活動四肢，莎利葉在葫蘆裡看到各種妖怪，她有心用心靈感應去與牠們交流，但可惜那些妖怪都只說會古漢語，這可把中文水平低下的小丫頭給難為壞了。

不過，幸運的事情接著發生了，一頭西方巨龍被吸進了葫蘆，終於能和莎利葉交流一下了。莎利葉和惡龍在葫蘆裡聊著天，從古代談到未來，從天堂談到地獄，從前世談到來生，感覺頗為投緣。

最後，惡龍說到跟一個少年惡鬥，莎利葉立刻猜到是龍耀。得知龍耀正在拯救自己，莎利葉在感動的同時，也擔心他孤身一人會很危險。

就在今天早上，莎利葉和惡龍達成了一個協議：莎利葉替惡龍打開地獄之門，而惡龍要發誓效忠於她。

現在，莎利葉和惡龍都逃出葫蘆，是到了該履行協議之時了。

莎利葉高舉起了死神鐮刀，說：「在黑暗中沉睡萬年的生靈，今日吾以地獄君主之名宣告：吾將替汝打開地獄的輪迴之門，讓汝重享人世間的鮮血和陽光，而汝所需要付出的只有一樣，那就是汝永恆不變的忠誠。」

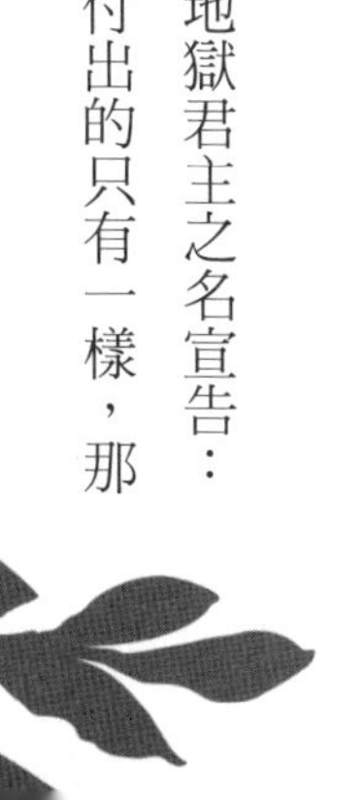

「啊！」莎利葉大吼了一聲，鐮柄上的符文急速旋轉，鐮刃瞬間變成原來的三倍大。莎利葉揮著巨大的鐮刀砍下，同時呼喊：「地獄門開！」

鐮刀切進了堅硬的礁石地上，劃出了一道幾十長的大溝壑。一開始，溝壑裡黑忽忽的什麼也沒有，接著裡面睜開了一隻血紅色的大眼睛。

巨龍的脖子就在眼球的中央，四周不斷冒湧出鮮紅的血水。巨龍奮力扭動著粗大的脖子，將龐大無比的身軀慢慢拔出。

「啊！葫蘆裡竟然有這種東西。」張鳴啟大吃了一驚，有些後悔打開封印了。

「張道長，你可不要失言啊！」嚴岩說。

「好吧！合你我兩人之力，斬下這惡龍的頭顱。」

「好！」

張鳴啟和嚴岩一起衝了上去，腳步踏過的地方全部崩碎，兩人的身影劃著兩道平行線，分別攻向了巨龍胸下的兩肋。

巨龍把身體拔出地面之後，猛的展開了兩道垂天大翼，向著兩人扇出了黑色的風暴。張鳴啟和嚴岩的身型頓時一滯，在強烈的風暴中無法再向前挪動分毫。

莎利葉縱身站到了龍頭上，說：「用龍息噴他們。」

巨龍仰天猛吸了一口氣，頭頂的雲彩都被吸了進去。當巨龍再次低下頭來的時候，兩個巨大的鼻孔裡冒出了火苗。

「吼……」巨龍發出了震天的嘯叫，張嘴噴出了一道灼熱的火流。

被火流橫掃過的礁石灘，變成了地獄般的岩漿池。旁邊的大海翻滾出熱氣泡，就像燒開鍋的火鍋似的。

張鳴啟和嚴岩都沒料到會這樣，兩人都受了不同程度的灼傷。

「張道長，怎麼辦？」嚴岩問。

「可惡！今日我必斬了這頭惡龍。」張鳴啟撕掉了燒爛的西裝，將密碼箱鄭重的舉到胸前：「禹王斬龍劍，開光……」

密碼箱上的數字轉盤「喀喀喀」的活動起來，箱子的縫隙裡射出氣勢雄渾的金色光團。張鳴啟手撚著道門的劍訣，懸空飛到了巨龍的面前，橫著手指向著前方一劃。

巨大的金色的光芒隨著移動，在巨龍的脖子上劃了一條口子，就像乙炔氣割劃過鋼板似的。

下一秒鐘，巨龍的脖子發出一聲斷響，就像一棵巨樹被伐倒了一般，轟然倒塌在了礁石岩漿

之中。巨龍身後的無數礁石，都因劍氣的餘威而崩裂，可見這一劍的威力之大。

「收劍！」張鳴啟重新舉起密碼箱，禹王斬龍劍收斂了金光，飛旋著返回了箱子之中。

自始至終，沒人看清禹王斬龍劍的本體，只知道這一劍的威力驚天動地。

巨龍的腦袋落地之後，鮮血從傷口處噴湧而出，就像是巨大的噴泉似的。胡培培的頭在龍腹中，現在也隨著血水噴射了出來，直落向了海岸旁邊的懸崖處。

嚴岩感應到了那股靈氣，但卻已經無力去搶奪了，趕緊命令身邊的人說：「快去搶靈氣。」

劉飛等人答應了一聲，飛奔向了人頭的方向，一起縱身跳出了懸崖。幾人的手同時伸了出去，眼看就要抓住胡培培的頭了，可突然，一絲輕微的風裂聲傳來，一道線刃向下向上橫掃而來。

傑克遜雖然一直戴著耳機，而且還放著大音量的搖滾樂，但卻比另幾個人聽得都要清晰。他猛的拉住了劉飛的手，翻身退回到了懸崖上面。

而其餘的幾人都發出一聲慘叫，伸出的那一隻手被快刃給切斷了。在血水四濺之中，有一個身影飛躍而出，一把取走了胡培培的頭顱。

等飄飛的血花落定之後，人們才看清那個身影，竟然是剛才死去的龍耀。

龍耀站在懸崖的邊緣，嘲弄的看向發愣的眾人，看了看胡培培的頭顱，笑說：「哈哈！多謝你們了。」

「這、這是怎麼一回事？」張鳴啟驚訝的抓起龍耀的頭顱，至今還沒有發現這顆假頭的破綻。

「師弟，這就是一氣化三清。」李洞旋突然閃身到張鳴啟身後，向背叛師門的師弟擊出了一掌。

「哇……噗！」張鳴啟吐出了一口鮮血，身子飛撞到了對面的礁石上，「師兄，你還沒有死？」

「要死的人，是你。」李洞旋揮起了星相大氅，準備請天罡地煞之力降世。

「可惡啊！」張鳴啟丟掉了龍耀的假頭，看向在一旁發愣的嚴岩，說：「嚴岩，合你我之力，再殺一次這死老道。」

可嚴岩卻沒有痛快的答應，而是雙眼呆愣的看著前方，說：「龍，龍，龍，龍……」

「龍不是已經被我斬殺了嗎？」張鳴啟扭頭看向巨龍，一時之間也被驚呆了。

莎利葉展開了六隻墮天使的大翼，翅膀上睜開了無數血紅色的眼睛，空中飄舞著似真似幻的紫色羽毛。

「我雖然沒有賜人生命之能，但我卻有拒絕別人死亡之力。」莎利葉拔下插在左肩上的月桂花，向著巨龍的屍體揮撒出了幾個花瓣，說：「站起來吧，吾的忠僕，汝的使命還沒未結束，因此吾拒絕汝的死亡。」

巨龍的身體猛的一陣翻騰，血水逆著又飛回了腹中，斷落的龍頭也接續了回去，而且還分裂成了兩個頭。

「嚎！吼！」

兩個巨大的龍頭交叉著沖天怒吼，接著低頭噴出一火一水兩道龍息。兩道龍息分別襲向了張鳴啟和嚴岩，讓兩個本來就受傷的身體雪上加霜。

嚴岩當場就嘔血昏厥了過去，而張鳴啟憑著高深的道家修為，又一次的拔出了禹王斬龍劍。不過這一次是對向龍耀的真身，他對龍耀的頭顱還心存覬覦。

「莎利葉，殺掉他。」龍耀伸手指向了張鳴啟，同時彈出了幾根針灸針。莎利葉撲動開三對翅膀，從龍頭上俯衝了下來，揮鐮刀砍向張鳴啟的頭。張鳴啟無奈只能回劍防禦，用密碼箱中的金光彈飛了莎利葉。

莎利葉在風中飛旋著摔了出去，中途遇到了躲藏在沙中的屠夫，順勢揮出鐮刀又砍斷了他的頭。但屠夫的運氣又一次的降臨了，他的斷頭滾到了一具屍體旁邊，三張嘴巴裡舌頭如螞蟥一般，蠕動著寄生到了那具新屍體上。

另一邊，龍耀趁著空隙撲了上來，一個掃堂腿將張鳴啟踢倒，同時拉出了一條龍涎絲，想勒住對手的脖子。可沒有想到的是，禹王斬龍劍的威力非常，竟然在箱中發出一道光，便輕易的將龍涎絲切斷了。

張鳴啟見龍耀近在身前，興奮的揮出了手中的劍氣，再一次斬掉了龍耀的頭。但上一次的情況再次發生，龍耀又在關鍵時刻分出了假身，替自己承受了第二次斷頭之災。

「啊！」張鳴啟大吼著舉起密碼箱向著海灘橫掃，龍耀的身體和身後的懸崖一起爆裂，但在一秒鐘後又像幻影似的站到了另一邊。

張鳴啟胡亂揮舞著密碼箱，放射出無數道凌亂的劍氣，將海灘炸得如同炮彈坑似的，但始終沒有斬中龍耀的真身。

李洞旋驚訝的看著這一切，說：「師弟，放棄吧！你可還記得下山之時，師父說過禹王斬龍劍的剋星，正是《無字天書》裡的一氣化三清嗎？」

張鳴啟怔在了當場，皺眉思忖了一會兒，才說：「原來如此啊！就算是世界上最鋒利的劍，但無法斬到真正的目標，那就跟廢鐵沒什麼不同了。」

「師弟，束手就擒吧！」

「哈哈！師兄，別以為你贏了，這只是一個開始。」

張鳴啟仰天大笑了一聲，抖開了密碼箱。禹王斬龍劍化成一道金光，像滑板似的懸浮在了地上。張鳴啟縱身踩到劍上，化成一道金光而去。

龍耀知道張鳴啟不會死心，今後肯定還會再來找他的，所以不想這麼輕易的放過他。莎利葉和龍耀交換了一個眼神，向著雙頭巨龍吹了一聲口哨。

巨龍展開幾十米寬的巨翼，扇動起如同颱風般的風壓。龍耀和莎利葉縱身踏上龍頭，騎著巨龍追趕了過去。當飛經葉可怡的別墅之時，龍耀吊著龍涎絲破窗而入，抓走了放胡培培身體的旅行袋。

葉可怡等人大張著嘴巴，只能驚訝的看著這一切。李洞旋則在後面緊追著，大聲叫：「喂！趕緊給我下來啊！不能讓普通人看到怪物，這可是違背戒律的大罪。」

龍耀哪裡還肯管那些破戒律，只把李洞旋這些話當成了耳邊風，催促巨龍趕緊追上前面的金光。

胡培培的頭終於甩開眼前的血污，能睜眼看看現在的情況了。但第一眼，就讓她大驚失色，「啊！這是怎麼回事？我們在坐飛機嗎？我有懼高症啊！」

「哪有這種敞篷式的飛機？」龍耀抓著胡培培的頭髮，慢慢的旋轉了一圈。

「啊！這是什麼啊？龍？對了，我記起來了，是那隻咬掉我頭的巨龍。」

「原來妳還記得自己是怎麼死的啊！」

「那既然我已經死了，為什麼還會看到這些？」

「因為妳還沒有死透。」龍耀拉開了旅行袋的拉鏈，把胡培培的身體取出來。

胡培培的面孔一陣抽搐，說：「我的身子分家了。」

「不用擔心！我馬上給妳安裝起來。」龍耀雙手抓著腦袋，向著脖子用力一插，「好了！」

胡培培興奮的摸了摸脖子，發現皮膚上竟沒有一絲接口，生理上也完全感覺不到異常。

「真是太神奇了！」胡培培撲抱到龍耀懷中，卻突然發現胸部沒觸感，而脊背卻感覺到了溫暖。

胡培培再低頭審視了一番，發現龍耀將頭插反了，「啊！臉朝後了。」

「哦！哦！對不起啊！妳胸前和背後都一樣平，我實在是沒有分辨出來。」龍耀站在左邊的龍頭上，向右邊龍頭上的莎利葉招了招手，說：「幫忙再來一次。」

莎利葉和龍耀經過這次生死糾葛，已經到達了心心相印的地步。龍耀只是簡單的揮了揮手，莎利葉便知道他想要幹些什麼了。

莎利葉猛的橫掃出鐮刀，再一次砍斷了胡培培的頭。龍耀伸手接住胡培培的頭，旋轉半圈又安裝了回去。

「啊！你們不要這樣玩我的頭啊！」胡培培蹲坐在龍頭上，雙手緊抱著腦袋大叫：「雖然生理上沒有痛苦，但心理上一樣會害怕啊！」

張鳴啟內外都受了重傷，強行御劍飛行了一段，內力便漸漸的不支了。發現龍耀緊追在身後，張鳴啟只能咬緊了牙關，決定做最後的一次拼搏。

他猛的收起了御劍飛行術，把所有的氣力加持在劍上，將劍如箭矢似的射了出去。這一劍的威力驚人，速度更是快的無法閃避。

「小心啊！」莎利葉大叫了一聲，飛身撲到了龍耀身前。

但龍耀卻冷靜的一把推開了她，猛的將胡培培這個肉盾擋在身前。「噗」一聲響，胡培培的心臟被利劍洞穿了，但傷口處卻沒有流出一滴鮮血。

下一秒鐘，禹王斬龍劍被張鳴啟召回，胡培培的傷口也同時癒合了。

「師父……」胡培培驚訝的大叫。

「咦！原來他就是妳的師父啊！」龍耀吃驚的說。

張鳴啟咬緊了牙關，右手捏出劍指的形狀，可他還沒來得及施法，就見莎利葉拋出了鐮刀。鐮刀劃出一道閃亮的銀光，將張鳴啟的兩隻手指齊根切斷。

「可惡啊！沒想到我堂堂張鳴啟，竟然會在陰溝裡翻船。」張鳴啟不甘心的叫喊著，翻滾著墜下雲端，跌進了一幢等待拆遷的舊樓裡。

巨龍一個俯衝跟了上去，巨大的身體突破了雲層，呈現在了市民們的眼中。

在紅島市第四中學的教室裡，師生們正在上最後一節課，忽然窗外傳來一陣風聲，接著天空被什麼遮住了。

學生們都不再管紀律了，一起趴到窗前看起了熱鬧。

不一會兒，一隻巨大的雙頭龍出現在眾人眼前，轟然一聲降落到了附近的一片廢墟上，將一幢等待拆遷的小樓壓塌了下去。

「龍、龍、龍、龍……」有人結結巴巴的大喊。

「是雙頭龍啊！我們都看到了。」有人回應。

「不是！我是說，龍、龍、龍耀騎在龍上。」

「啊！什麼，不會吧？」

葉晴雲聽到同學們的呼喊，著急的擠到窗前看了一眼，急匆匆的轉身跑出了教室。

而正在上課的班導師卻沒有看到剛才的一幕，只聽到學生在喊龍耀的名字，便生氣的大叫：

「龍耀在哪裡？」

「在騎龍。」

「好啊！不來上課，竟然騎龍玩，明天一定要叫他家長來。」班導師攥著拳頭大吼。

龍耀乘著巨龍降落在廢墟中，捂著嘴巴咳嗽著走出了煙塵。他仔細的搜索著地面上的痕跡，從蜘絲馬跡中找到了張鳴啟的行蹤。

張鳴啟無疑是墜落到了這裡，地上的血跡也證明了這一點。但他卻被什麼人給救走了，地上的車印說明了這一點。

「繼續追……」龍耀揮手指向車印的方向，卻忽然聽到了警車的聲音。

此時，葉晴雲也從另一邊跑了過來，抬頭望了一眼幾十米高的巨龍，說：「龍耀，你瘋了嗎?怎麼能讓這種幻想生物出現在普通人的面前啊?」

「事情緊急！」龍耀說。

「再緊急也不能這樣啊!趕緊把這頭龍藏起來，如果被警察發現的話，那我們就麻煩大了。」

見葉晴雲如此的緊張，龍耀只好歎了一口氣，說：「莎利葉，有辦法嗎?」

莎利葉點了點頭，舉起了死神鐮刀，向著地面砍了一刀。地面裂開了一條大口子，裡頭鑲著一隻眼球，以驚悚的眼神直望著天空。

莎利葉指了指那長眼睛的大口子，說：「躲進去吧！」

雙頭巨龍發出寵物狗一般的吠叫，似乎還沒有享受夠人間的陽光。

「乖！乖！去吧！我會再次召喚你的。」莎利葉拍了拍龍頭。

巨龍終於點了點兩個頭，像是跳水似的跳進了裂口。

龍耀看著裂口逐漸癒合，問說：「牠去了什麼地方?」

「煉獄，位於人間、地獄、天堂三界之間的一塊地方。」莎利葉答。

在裂口關閉的一瞬間，一輛警車急駛了過來。車身來了一個急速甩尾，平行著滑到了龍耀面前。

車上走下一名中年警官，穿著一套皺巴巴的西裝，領帶歪斜向了一邊，襯衣上還有幾滴咖啡漬。

警官摸了一把鬍渣鐵青的下巴，看了一眼後面倒塌的小樓，指著站在最前面的龍耀，說：

「你剛才有沒有看到有奇怪的東西落下？」

「沒有。」龍耀說。

警官又望向了葉晴雲，說：「妳呢？」

「我，我，我……」

「她也沒有。」龍耀搶先說。

警官生氣望向龍耀，說：「不問你話的時候，不要隨便插嘴。」

「哦！」

警官又看向了紫髮的莎利葉，嘴角不自覺的抽搐了一下，說：「那個，那個，妳呢？」

「Je ne sais pas。」莎利葉隨口回答。

「呃！」警官扭頭看向一名年輕的女警察，說：「小劉，這裡妳的學歷最高，那小丫頭剛才說的是什麼英語？」

女警察尷尬的撫了撫頭髮，說：「報告隊長，好像不是英語。」

「那是什麼？」

「是法語，意思是『不知道』。」龍耀道。

「我不是已經說過了嘛，讓你不要隨便插嘴。」警官生氣的一拳擂在警車上，車上的警報發出震耳的響聲。

這名警官的火爆脾氣被觸發了，就像一頭鬥牛似的顫抖著身體，好像隨時都要衝上來的樣子。葉晴雲趕緊伸出一隻手來，抓住了龍耀的校服衣袖，生怕他一時意氣用事，對現場的警察使用玄術。

但突然，龍耀的身後傳來一個聲音，立即讓那名警官熄了火。

「爸，你控制一下自己的脾氣。」胡培培大叫。

「啊！」龍耀驚訝的轉過頭去，張大嘴巴望著胡培培，又指了指那名警官，說：「你們是父女？爸爸當警察，女兒做流氓？」

「什麼流氓啊？多難聽！我只是不良少女。」胡培培辯解。

「那妳爸不管妳媽？」

「他跟我媽離婚了。」

「哦！」

在龍耀和胡培培聊天的時候，警官的眼睛卻瞪得冒出了血絲，他發現女兒只穿了一件男式襯衫，光滑的大腿曲線完全裸露在外面。

「啊！培培，妳的衣服呢？」警官大吼。

胡培培抬手看了看長長的衣袖，問龍耀說：「我的衣服呢？」

「在我家裡，不過都破了。」龍耀說。

「呃！你這臭小子，我要殺了你。」警官如狼似虎般的撲上，揪著龍耀的衣領提了起來。

龍耀也沒有跟他客氣，一記撩陰腿踢在胯下，痛得警官蹲倒了下去。

「好小子，你還敢襲警。來人啊，把他給我抓起來。」警官大吼。

可四周的警察都把頭側向一邊，哼著小曲假裝什麼也沒有看見。姓劉的女警察靠了過來，說：「胡榮隊長，是你先使用暴力的。如果事情鬧大了，局長又要生氣了。」

「呃……」胡榮氣得臉頰都抽搐了，一把抓住胡培培的手腕，說：「跟我回去。」

「我不要。」胡培培掙扎。

龍耀伸出手指輕輕一彈，胡榮的手臂一陣酥麻，不得不鬆開那隻手。龍耀趁機拉住了胡培培，說：「我們走。」

胡榮看著龍耀一行人離去，兩隻眼珠子都要瞪出來了，說：「小劉，妳給我查這個小子的資料，要詳細到一個禮拜尿幾次床的地步。」

女警察的嘴角一陣抽搐，心裡不斷的抱怨，「竟然遇到這麼一個上司，我好命苦啊！」

009 伏羲九針

城市上空的妖氣已經散盡，露出如藍寶石一般的天空，白雲被夕陽鍍上了金邊，伴著歸巢的鳥兒齊飛。

看著身邊的莎利葉、葉晴雲、胡培培，龍耀終於吐出了憋在胸中幾天的悶氣，他本以為就要失去她們的一個或兩個了，但誰知最終卻是大團圓的完美結局。

雖然期間經歷了千辛萬苦，甚至有幾次命懸一線，但現在回想起來，那些都是值得的。

「龍耀，我們要去哪啊？」葉晴雲突然問。

龍耀本來是信馬由韁的走著，根本也沒有考慮目的地，現在才抬頭看了一眼四周，發現離艾憐的學校不遠，便說：「去接我妹妹。」

「那我要回家了，只穿一件襯衫逛街，我可丟不起這個人。」胡培培離開了隊伍，走向一邊的人行橫道。

龍耀假裝沒有聽見，又說：「然後去超市掃貨，所有的賬都算我的。」

「啊！多少錢都沒有關係嗎？」胡培培「嗖」的一聲返了回來。

「沒關係！」

「那我要衣服、鞋子、首飾。對了！手機也要換一支。」

「可以！」龍耀難得大方的說。

「耶！太棒了。」

「哼！笨蛋就是笨蛋。」龍耀低聲嘟噥了一聲，走向了最近的小學。

正值小學放學的時候，很多家長等在學校外，利用下班的時間接孩子。艾憐跟朋友們道別之後，自己走向了附近的公車站，但在站亭裡卻看了龍耀一行人。

「哥哥！」艾憐高興的撲進了龍耀懷中。

「乖啊！哥哥來接妳回家了。」龍耀說。

「好啊！不過，哥哥身邊的人都是誰？」

「都是哥哥的朋友。」

「哦！那哪個是哥哥的女朋友？」艾憐挨個看過去，小臉上滿是好奇。

葉晴雲羞澀的低下了頭，胡培培翻著白眼望向天空，莎利葉則依舊在舔棒棒糖。

龍耀摸了摸艾憐的頭，說：「現在的小ㄚ頭，真是太早熟了。」

「不會是三個都是吧？」

「三個都不是。」

「哦！」艾憐笑了起來，說：「那我做哥哥的女朋友吧！」

「妳？我可不想要個平板身材的女朋友。」

「哼！等我長大了，身材會很棒的。」

「那可不一定啊！妳看這裡就有一個例子，自小到大都是平板身材。」龍耀指向了胡培培。

胡培培咬牙切齒了一番，最後卻無力的垂下了頭，因為她真的沒有辦法反駁。

爾後，龍耀如約帶大家去了超市，任由她們買喜歡的東西。不過，買得最凶的也就胡培培一人，莎利葉買了一堆糖果，葉晴雲什麼也沒有買。

龍耀和艾憐一起買了不少的食材，然後打電話給沈麗和林雨婷，要她們今晚務必回家吃飯。

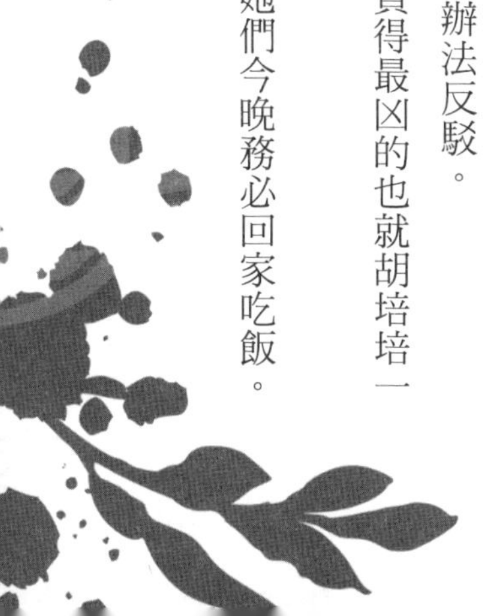

胡培培換上了新買的衣服，青春少女的氣息頓時增加不少。然後，她又被龍耀強制拉到了髮廊，把原本草黄色的頭髮染回了本色，黑色的唇彩和指甲油也被洗掉了。

龍耀帶著大家回家的時候，林雨婷早就等在了家中。她本來以為龍耀只約了她一人來吃飯，可沒想到一下子帶回來了四個女孩子，其中還有一個她根本不認識的。

「怎麼這麼多人啊？」林雨婷皺著眉頭。

「人多熱鬧嘛！」龍耀把買來的大包小包放到地上，說：「我買了很多的食材，今晚全都做了吧！」

「啊！這是要過年嗎？」

「比過年還要熱鬧。」龍耀提起了一個紙袋，說：「送妳的衣服。」

「哦！哦！給我的？」林雨婷歡喜的接過來，看到裡面是一套裙裝，說：「你還是第一次送我禮物呢！你知道我的身材尺寸嗎？」

「當然知道了！妳的那一點東西，早就被我看光了。」龍耀指的是他眼力超群，三圍之類一眼就能看出來。

而林雨婷卻聯想到了前些天，被龍耀看光光那件事，俏臉上立刻飛滿了紅霞，喃喃的說：

「討、討、討厭！不要當著那麼多人說嘛。」

葉晴雲看出什麼苗頭，扭頭瞪了龍耀一眼。

龍耀尷尬的扭了扭脖子，說：「去！去！快做飯去。」

「哦！」林雨婷害羞的答應了一聲，就像剛嫁人的小媳婦似的。

看到林雨婷羞澀的進入廚房，原本在廚房裡沈麗探出頭來，看了一眼第一次來的胡培培，說：「哇！怎麼又多了一個女孩啊？」

「這是我同學。」龍耀說。

可沈麗根本就沒有聽進去，而是完全沉浸在腦補之中，「哇！媽媽的頭好痛啊！原本還怕你交不到女朋友，以後會走上耽美的奇怪道路，可沒想到你竟是個花花公子。」

「媽！媽！去做飯，去做飯……我可不想聽妳胡說八道。」

「哼！這熊孩子，越來越沒趣了。」沈麗看向了葉晴雲和胡培培，笑說：「妳們倆誰會做菜？」

「會一點。」葉晴雲說。

「只會摘菜。」胡培培。

「哈哈！都來廚房吧！」

俗話說「三個女人一台戲」，而現在四個女人在廚房，廚房簡直就是大劇院了。在鍋碗瓢盆的響聲中，夾雜著嘈雜的笑聲和聊天聲。沈麗像所有的母親一樣，在兒子的女性朋友面前，總是喜歡說一些他小時候的糗事，比如為了一根棒棒糖而在街上打滾，自己偷偷把十分的試卷改成九十分之類。

龍耀只能無奈的在外面歎氣，對老媽的惡趣味毫無辦法。

小艾憐繞著莎利葉團團轉，一直想摸她的紫色長髮。不過莎利葉只在乎手裡的甜食，對這個歲數不及她零頭的小丫頭，提不起一點興趣。

大家快快樂樂的吃了一頓晚飯，期間龍耀還開了幾瓶葡萄酒，女孩們在飯後都七倒八歪了。沈麗露出一個猥瑣的笑容，說：「要不要把她們都搬到床上去大被同眠，就像《鹿鼎記》裡韋小寶的情節？」

「媽，妳可真像韋小寶他媽。」

在《鹿鼎記》的小說裡，韋小寶的媽媽是個妓女，最擅長的事就是拉皮條，所以龍耀才這樣揶揄沈麗。

「這熊孩子，越來越沒大沒小了。」沈麗罵道。

龍耀不再搭理沈麗的嘮叨，將女孩子們抱到不同的房間，然後自己坐進了書房中。

莎利葉舔著棒棒糖，陪坐到了龍耀的對面。兩人都不需要睡覺，在這漫漫長夜之中，正好可以作伴。

龍耀望著對面的莎利葉，心情一下子舒服了許多，就像心臟做過按摩一般。

龍耀將莎利葉被封印時所得到的情報講了一下，講到枯林會和靈樹會相悖的目標時，莎利葉的興趣果然被吸引了起來。隨後，龍耀又把「一氣化三清」的秘訣，仔細的給莎利葉演示了一遍。

莎利葉雖然對道門術法沒有什麼研究，但卻憑藉著上萬年的西方魔法學經驗，給龍耀分析了一下其中的關竅和原理。

然後龍耀在一張紙上畫出靈氣脈絡，莎利葉則添加上魔法學解析。兩人就像在做幾何學的家庭作業一樣，將「奪天地一氣」和「一氣化三清」聯繫起來，創造出一套只屬於龍耀的嶄新術法。

這是一種東西合璧的新型術法，結合了靈能、道術、魔法三宗，既可以像道術那樣吸納天地之氣，又可以像魔法那樣將魔力隨心意變化釋放，而且還和靈能力一樣根植在身體內部。

當曙光點亮東方的時候，龍耀收回了思維的觸手，停止了腦中的精神訓練。莎利葉依然坐在對面，原本放在身邊的一堆大甜食，已經變成了地下的紙袋。

「你現在的通靈等級應該在LV4了，我已經感覺到自身的力量也在增長。」莎利葉說。

「太好了！那現在的我跟張鳴啟相比，如何？」龍耀問。

「不如！上次純粹是我們僥倖，張鳴啟在跟我們交手前，就已經動用了很多真氣。」莎利葉抿著誘人的小嘴，說：「如果我沒有推測錯的話，張鳴啟全盛時的實力，應該是你的十倍以上。」

「王風鈴推測張鳴啟的實力接近於LV6，難道LV6和LV4的實力會相差十倍嗎？」

「我感覺LV4和LV5之間，有一條很難逾越的鴻溝。LV4以下的靈能等級，實力最多差三倍，而LV5以上的靈能等級，恐怕會差出十幾倍。」

「原來如此啊！靈能等級越高，每級間的實力差距越大。」龍耀捏著下巴想了一會，說：「如果加上我的計謀，會不會縮小實力差距？」

「的確可以，你在戰鬥時會使用許多計策，這是你作為智者的一種優勢。但是你不要忘了張鳴啟有禹王斬龍劍，這會讓你的所有計謀都變成兒戲。」莎利葉舔了舔棒棒糖，鄭重的伸手指向龍耀，說：「千萬不要奢望與張鳴啟正面交手，你會在三招之內死於那柄奇怪的劍下。我也僅是依靠死神鐮刀，才敢正面招架他的劍招。」

「哦！武器上的差距嗎？」龍耀捏著下巴，說：「也許我也該找件趁手的武器了！」

「針灸針不就是嗎？」

「我本來也以為針灸針可以成為武器，但與李洞旋和張鳴啟交手之後，我發現針灸針最多只能做暗器。暗器對平級或低級的對手，有著巨大的殺傷和威懾力，但對於遠超過自己的對手，便半點作用也沒有了。」

莎利葉輕輕的點了點頭，以長輩的姿態點評：「看來經過這次事件，你成長了不少啊！」

龍耀伸手摸了摸莎利葉的頭：「用這種年幼的身體，說這麼老成的話，還真是有夠幽默的。」

莎利葉翻起了白眼，盯著頭頂上的手，道「你媽媽說的真對，你越來越沒大沒小了！」

第二天清晨，大家又聚在一起吃早飯，就像和和氣氣的一家人。期間，沈麗看了一下今天的早報，說：「城市裡出現少女連續失蹤案啊！你們都要小心一點啊！」

「是綁架嗎？」龍耀問。

「很有可能啊！世道真是不太平啊，連環殺人案剛結束，又出現連續失蹤案，那些人不會綁架我吧？」

龍耀嚼著油條，斜睨了一眼沈麗，說：「我想綁架犯不至於眼瞎到這個地步。」

「你這熊孩子怎麼說話的？媽媽還是很年輕的。」

龍耀聳了聳肩膀，掃視了一眼眾人，說：「這裡面唯一有可能出事的就是艾憐了。」

艾憐的小嘴含著粥勺，指著莎利葉說：「那小姐姐呢？」

莎利葉側身打開了冰箱門，從裡面撿出一顆生雞蛋，將手舉到了艾憐的面前，然後輕輕的攥緊了五指。「喀嚓嚓」一陣脆響之中，生雞蛋竟然被她徒手攥碎了。

「呃……這……這……這……」

沈麗和林雨婷兩位高學歷的女性，知道雞蛋殼的受力原理，理論上那是人類絕對無法攥破的，所以當時就震驚的大腦停機了。就連知道內情的葉晴雲和胡培培，看到莎利葉擁有如此大的腕力，也都驚訝的把勺子掉在了地上。

「咳咳！好了，好了，我們都吃飽了，先去上學啦！」

龍耀趕緊拉起莎利葉、葉晴雲、胡培培，跑出了死一般沉寂的家。

在家門外面，龍耀才擦了擦頭上冷汗，問葉晴雲說：「我沒有去上學的時候，妳幫我請假的理由是什麼？」

「感冒。」葉晴雲說。

「好！那就再請兩天。」

「啊！請這麼多天，會出問題的。」

「放心吧！我會找人開一張證明，就說發高燒住院了，這樣就能交代過去。」

「呃！我可是班長啊，怎麼可以幫你作這種事。」葉晴雲有些為難的說。

「別囉嗦的了，快去吧！」

龍耀打發掉了葉晴雲，帶著莎利葉上了機車，奔向了老城區的古董街。古董街一大早就很熱鬧，除了那些買賣古董文物的商人外，還有很多展示手工藝的民間藝人。

龍耀買了幾串糖葫蘆，便把莎利葉哄得直樂。

「小丫頭真好騙。」龍耀搖了搖頭，走進周記古董店。

店主老周坐在昏暗的櫃檯後，依然在擦拭著他的那些寶貝，對來客一副愛理不理的樣子。看到來人是老朋友龍耀，老周才趕緊停下手中的活，把他迎進了裡面的茶室中。

「老周，我要的東西呢？」龍耀問。

「有歷史淵源的針灸針？」

「對啊！越老越好。」

莎利葉吃著糖葫蘆，問：「你不是說針灸針沒用嗎？」

「打架沒用，治病有用，我這是用來給葉可怡治病的。」龍耀說。

「哦！我還以為你來找什麼武器呢！」

「大人說話，小孩子不要插嘴。」

「哼！」莎利葉噘高了小嘴。

老周忍不住笑了起來，問說：「這小丫頭是誰啊？」

「親戚家的孩子。」

「是外國人？」

龍耀握著莎利葉一把頭髮，說：「看這髮色，很明顯啊！」

「呃！紫色的頭髮？我覺得外國人也沒有吧。」老周搖了搖頭，又轉回了正題，說：「其實，我已經找到了一副好針，連訂金都已經給賣家了。可半路殺出一個程咬金，一個不懂規矩的外國人，用暴力脅迫的手段將針買去了。我氣不過教訓了他兩句，他的保鏢還踢了我一腳呢！」

「哦！什麼針？」

「伏羲九針。」老周說這話的音量非常小，而且一直在掃視著四周，生怕被外人給偷聽了去，「伏羲，你知道嗎？」

「當然知道！三皇之首，百王之先，與女媧同是人類的始祖，他教會人類結網捕魚、投矛狩獵。」

「對！對！其實傳說中，他還為了解救人類的疾苦，而製造了九支石製的神針，這也是針灸術的起源。」

「咦！你找到這種東西了？」龍耀驚訝的瞪圓了雙眼。

可老周卻擺了擺手，說：「那東西都五千多年了，怎麼可能找得到啊？我找到的這一副，是唐代孫思邈仿製的。」

「『藥王』孫思邈？」

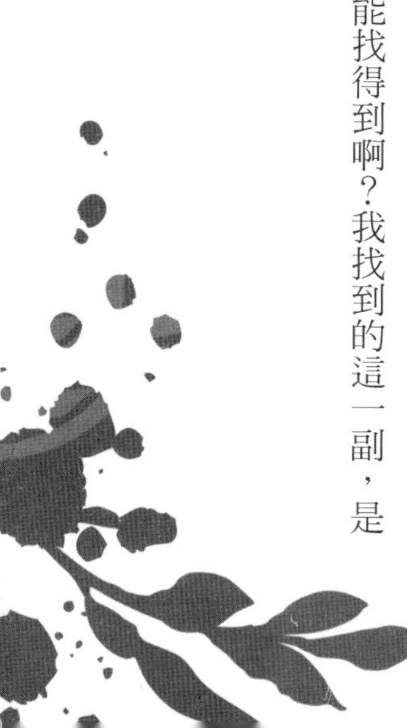

「對啊！」

龍耀的眉頭皺了起來，在頭腦中思索了一下，「如果真是孫思邈仿製的，那這針一定充滿靈氣，肯定可以治好葉可怡的病。」

老周不知道龍耀在想什麼，說：「不過這針已經被那老外買去了，我現在正在打聽李時珍的針。」

「不必了！」龍耀揮了揮手，說：「你幫我打聽一下那老外的住址吧！」

「啊！你要幹什麼？」

「我願意出更高的價錢，希望他能把針讓給我。」

「哦！這樣啊！那我幫你問一下賣家。」

「有勞你了。」龍耀雖然嘴上這麼說，但卻暗暗攥了一下拳頭，說：「對了！順便問一句，他的保鏢踢你哪了？」

「啊？」老周有點摸不著頭腦了，但還是下意識的指了指小腹。

老周打聽來了那個外國人的住址，他竟然住在一艘豪華的私人遊輪上。這倒是極大的方便了龍耀，至少不用害怕被無關者撞到了。

龍耀在老周的店裡坐到傍晚，期間幫他鑒定了幾件古董。因為龍耀的靈能力是通靈，所以對靈氣極為敏感，能輕易的覺察到物件裡的靈氣高低。東西的年代越是久遠，內含的靈氣也就越豐富，龍耀就是這樣鑒定古董的。

辭別了老周之後，龍耀叫了一輛計程車，直奔向了海邊的碼頭。在碼頭上走了一會兒，龍耀發現了那艘豪華遊輪。

有錢的富家子弟聚集在一起，往往都是炫耀自己的豪華跑車。今天，龍耀看到這艘遊輪之後，感覺那些玩車的人都是窮鬼。

這艘遊輪長約八十米，最寬處約有九米，船首寫著「Titanic」，跟歷史上那艘豪華客輪同名，看來是造船者在有意的模仿。這艘遊輪的外形也有模仿之意，船上有五層高的船樓，甲板上附帶著淡水游泳池，各處佈置都極盡奢華之能事。

「該死的有錢人。」龍耀邁步走向遊輪，先是在棧橋上行走，繼而在海面上踏步，最後抖身跳上了甲板。

船上的水手被嚇了一跳，嘰裡呱啦的說著外文，有一個甚至拿起了木棒，向著龍耀就掄了過來。

龍耀連看都沒有看，輕描淡寫的一揮拳，便將那人打到了海中，然後才看向莎利葉，說：

「什麼語言？」

「德語。」莎利葉舔著棒棒糖。

「哦！竟然還是德國人。」龍耀邁步走向了船艙的方向，沿途將阻擋的水手全扔進了海中。

在踏進船艙門的那一瞬間，龍耀驚訝的瞳孔都放大了，以為剛才穿過了時空隧道，來到了古代的某個皇宮中。

門後是一間中歐風格的大廳，裡面鋪著猩紅色的波斯地毯，後方是一座由鍍金欄杆構成的大樓梯。大樓梯像山羊角一般攀旋著分叉通向二樓，上方有一面多邊形的水晶穹頂，五顏六色的光斑撒滿了大樓梯。樓梯頂部的牆上鑲有一盞金製的掛鐘，鐘的旁邊雕刻著象徵高貴和榮譽的時間女神。

莎利葉本身就有自己的魔王宮殿，更見過無數歷史上名君的皇宮，甚至還曾侍立於上帝的天宮之中，對於這種奢華的裝飾倒也沒有太驚訝。但那只金製的大掛鐘倒吸引了她目光，讓她通過那尊女神像想起了什麼。

「龍耀，注意那個時間女神，那是魔法協會西歐分部——時之塔的標誌，這艘船的主人很可能是一位魔法師。」莎利葉警告。

「哦！魔法師？」龍耀從驚歎之中回過神來。

與此同時，樓上衝下來幾十名精壯的保鏢。他們那身黑色的制式西裝，與四周的古典氣息十分不搭調。

這些保鏢都是人高馬大的歐洲人，看氣勢就知道受到過嚴格的訓練。這些人也不跟龍耀多嘴，本著先打翻再講理的原則，舉著砂鍋般大的雙拳衝了上來。

龍耀也是這樣的打算，當即揮拳便迎了上去。

雖然這些保鏢都是本行業裡的精英，有些甚至還是特種部隊退役的軍人，但他們與玄門中人打鬥，就跟小學生和高中生打架一般。

打鬥還沒有持續五分鐘，保鏢們就全躺在了地上，都抱著傷手殘腿在痛叫。

大樓梯口上又出現了一個男人，這人的身高要在一九〇以上，肩膀寬闊的像水牛的脊背，大光頭上閃爍著精悍的光芒，罩在身上的紅色西裝緊繃繃的，裡面穿著一件彩色的夏威夷衫，衣領處露出兩塊石頭般的胸肌。

這男人的年齡大約四十歲左右，舉手投足間都有不凡的氣度。見到保鏢被龍耀打翻在地後，

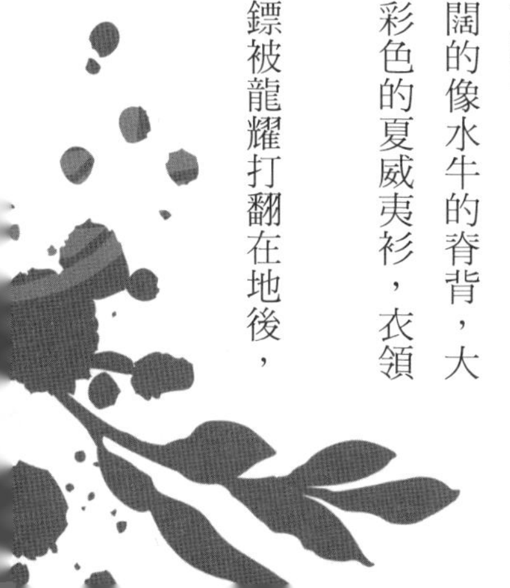

他眼神中的蔑視和不屑依然沒變，還淡定的點上了一支古巴雪茄。

「你們都出去。」中年男人用德語說。

保鏢們互相攙扶著走了出去，船艙的大門轟然關閉了。

「你是這艘船的主人嗎？」龍耀問。

「我叫邁內克，是少爺的保鏢隊長。」男人換成彆扭的中文。

龍耀的嘴角抽動了兩下，心想：「一個給別人當打手的，竟然還擺出這種大架子，難道你家少爺是王子嗎？」

「找你少爺來，我有事跟他談。」龍耀說。

「嘿嘿！我家少爺可不是你這種阿貓阿狗想見就見的。」

「看來靠說的沒用了。」龍耀下意識的攥了攥拳頭，十指關節間發出一陣脆響。

邁內克的嘴角咧開了，肩膀上的肌肉一陣膨脹，看來他也按捺不住了，「我早就聽說了中國拳法的厲害，可惜一直沒有機會見識一下。」

「你的機會終於來了。」龍耀伸出一隻手來，向邁內克招了招，說：「順便問一句，你是不是踢過一個買古董的老頭？」

「啊！老子每天都要踢幾十人，哪裡還能記得那麼清楚？」邁內克猛的從樓梯上跳下來。

「我幫你回憶一下，你是踢這個部位。」龍耀旋身飛起到半空中，一腳踢在了邁內克小腹上。

邁內克被踢得凌空飛退，後背重重的撞在樓梯上面，把大理石階砸成了粉末。如果是換作普通人，後背的脊椎骨已經斷掉了。但他卻像沒事人似的站了起來，對龍耀露出一個贊許的笑容，說：「我記起來了！的確是踢了一個買古董的老頭，好像是想跟少爺搶一套針。」

「你們少爺要針做什麼？」龍耀問。

「收藏是他的興趣。」

「原來如此啊！那我今天要一起取回那副針。」

「那你先就打倒我吧！」邁內克猛的撕破了衣服，露出前胸上的牛頭刺青。

「我正有此意。」龍耀回想著李洞旋的姿勢，擺了一個道門拳法的起手式。

邁內克暴吼了一聲，先是如牛一般的衝來，到近前後突然虛晃兩拳，底下猛的踢出了一腿。

龍耀拔身在半空中，踩了一下對方的腿，伸雙指刺向了眼睛。邁內克驚慌的收回拳頭護眼，龍耀卻趁機一腳踢進他的空門，腳尖如匕首似的刺在了心窩裡。

「哇……」邁內克吐了一口血，踉蹌的後退了兩步，撞碎了一座大理石雕像。

「為什麼知道我用了虛招？」邁內克奇怪的問。

龍耀的眼睛裡放射著精光，將對手體內的靈氣盡收眼底，虛招和實招一目了然。邁內克在龍耀的眼前，就像置身於X光機之後似的。

「拿點真本事出來吧！我知道你不是普通人。」龍耀的眼睛探視著邁內克，發現他體內有特殊的能量，那大概就是傳說中的魔力。

「可惡！既然如此，就只能送你去死了。」邁內克咬破一根食指，在胸前畫了一個魔法陣。

莎利葉站在遠遠的角落裡，審視著戰場中的一切動靜。她希望能藉助這次戰鬥，讓龍耀熟悉一下魔法師，因為他將來很有可能要與真正的大魔法師們交手。

「他在啟動增幅魔法陣，很快就會增加他的力量。」莎利葉說。

「瞭解。」龍耀的眼睛專注的盯著魔法陣，將裡面的魔力流動看得一清二楚。

就在龍耀看得出神的時候，忽然邁內克將雙手插進胸膛，猛的將兩塊胸肌撕裂向兩側。肌肉像兩扇門似的打開，裡面露出兩個碗口大的洞，洞中放射出高強度的魔力，像是大炮一般的噴射出來。

「小心！他是用煉金術改造過的魔改人。」莎利葉發出警告。

龍耀從震驚中清醒了過來，眼瞪著兩道光束襲來，忽然將雙手向前一伸：「奪天地一氣。」

兩道光束接觸到龍耀的手掌，裡面的能量被他的靈訣控制了。龍耀抓著兩股光束旋轉了一圈，在胸前勾勒出一個太極的圖案，接著反手向邁內克扔了回去，「一氣化三清。」

兩道光束飛射回邁內克身前，後者架起了雙臂剛要抵擋，忽然見光束中的能量起了變化，凝結出一個與邁內克一模一樣的人。

看著雙胞胎似的另一個自己，邁內克驚訝的連攻擊都忘了。就在他站著發怔的時候，假身活動起來，一拳將他打飛到了艙壁上，又如野牛似的肩撞了一記，這兩下攻擊的力量剛好用光了魔炮的能量，隨後邁內克的假身變成一股白煙消失了。

「這到底是怎麼一回事……」邁內克疑惑的問了一聲，接著便搖晃的癱了下去。

罐裝少女

「啪——啪——啪——」樓梯上響起一陣鼓掌聲。

龍耀循著聲音抬頭望了上去，見大樓梯上站著一個年輕人。那人的年紀在二十歲左右，留著一頭亮金色的捲髮，極富西歐貴族的高貴氣質。深灰色的眼睛裡非常深邃，可見此人的城府必定很深。

他穿著一件白色的晚禮服，左胸上別著一枚金徽章，正是魔法協會時之塔的標誌。

「我叫加里·科林，是這艘船的主人，請問閣下尊姓高名？」年輕人用流利的中文發問。

「龍耀。」龍耀乾脆的回答。

「果然是充滿了東方氣息的名字。」加里·科林客氣的點了點頭，又補充說：「跟閣下的武術招式一樣的正宗。」

「奉承的話，就留到以後再說吧！我到這裡來，只為一件事。」

「呵呵！我在樓上已經聽到了，為的是一副伏羲九針，對吧？」

「對！你願意讓給我嗎？」

「當然可以。」

「多少錢？」

「不要錢，只要你答應一個條件。」

龍耀的眉頭皺了起來，說：「什麼條件？」

「請到樓上詳談。」加里．科林指了指大樓梯。

龍耀將雙手倒背在身後，擺出單刀赴會的凜然姿態，卻暗中將針灸針夾在了指間。莎利葉也從角落裡走出，舔著棒棒糖緊跟在龍耀身後。

加里．科林笑著面對龍耀，但忽然看到了身後的莎利葉，優雅的笑容在一瞬間僵住了，雙眼緊盯著莎利葉一動不動，像是釘子要釘進去一般。

龍耀感覺到情況的不對勁，橫身擋在了莎利葉的面前。

加里・科林驚醒了過來，臉上的表情又恢復了優雅，說：「原來閣下還是西式通靈術的行家，本來以為閣下只是東方玄門的高手，沒想到竟然是學貫東西的奇才。」

「過獎了！」龍耀不冷不熱的回答。

加里・科林將兩人領進了會客廳，廳內的佈置還是一樣的奢華，而且格局上模仿了凡爾賽皇宮，家具裝潢都是採用皇室的標準製造的。

而且在這裡侍奉的不再是鐵面保鏢，而是一名面容俏麗、身材浮突的西歐美女。

加里・科林將兩人讓到柚木座椅上，說：「要喝點什麼？」

「茶。」龍耀捏著座椅上的黃金裝飾。

「呵呵！果然是東方口味。」加里・科林笑了笑，又瞇著眼睛看向莎利葉，柔聲問：「妳呢？」

「甜的東西。」

加里・科林打了一個響指：「呵呵！好，好。蕾蒂，去把最好的紅茶和蜂蜜取出來。」

蕾蒂輕輕的點了點頭，無聲的退入內室去辦了。

龍耀盯著蕾蒂的後背看了一會兒，感覺她身上也有不尋常的氣息，很可能和邁內克一樣是魔

改人。

不一會兒，蕾蒂托著銀製的托盤回來，上面擺放著一套精緻的茶具。

「紅茶要加糖嗎？」加里・科林問。

「不必了，糖都給她。」龍耀指了指莎利葉。

加里・科林笑著點頭，把甜食全給了莎利葉。

龍耀抿了一口紅茶，感覺入口綿軟柔長，帶有少許的奶香味，的確是最上等的紅茶。可惜這茶是西式的風味，這不太合龍耀的東方味蕾。

龍耀放下茶杯，說：「你有什麼事，就直接說吧！」

「龍先生，我這次來東方，是身懷一件要事。」

「哦！接著說。」

「真人面前不說假話！既然大家都是玄門中人，我也不妨挑明自己的身份，我是魔法協會西歐分部——時之塔的中級魔法師。」

龍耀輕輕的點了點頭，臉上的表情沒有變化。

加里・科林本以為龍耀會有所表示，就像以前那些聽到他身份的人那樣，露出或驚訝、或懷疑、或迷惑的表情，但龍耀卻像無波的古井一般，給人一種深不可測的感覺。

加里・科林擦了擦額頭上的冷汗，說：「閣下應該是東方道門的人吧？」

「可以算是吧！」

「其實我這次來東方，是想找一位道門高手加入魔法協會，一同去實現一個巨大的計劃，一個可以改變世界的計劃……」加里・科林暢想起了美好的未來，就像投資公司的推銷員一般，許下一個又一個不切實際的願望。

龍耀又喝了一口紅茶，嘴巴裡咂著茶葉碎梗，說：「你說的這些都太遠了！有沒有近期就有的好處。」

「龍先生，果然是個爽快人。」加里・科林拍了拍手掌，對一旁的蕾蒂吩咐說：「把伏羲九針取來。」

蕾蒂點頭走進了後室，不一會兒端出一個木盒。盒子是用上好的紫檀木打造，上面刻著四個漆金的大字——救死扶傷。

木盒緩緩的打開之後，露出裡面紅色的襯布。襯布上畫著太極八卦圖，每一個卦象上擺著一枚針，還有一枚放在中間的太極之上。

伏羲九針，共分為鑱針、員針、鍉針、鋒針、鈹針、員利針、毫針、長針和大針。對於不同的疾病，需要使用不同的針。其實伏羲九針只是統稱為「針」，裡面有很多已經不是針形了，有的像是小匕首，有的則像小湯匙。但不管它們的形狀如何，上面都流動著清澈的靈氣。

龍耀像被奪去了心魂一般，緩緩的伸手摸了過去，但蕾蒂卻「啪」的一聲闔掉盒子，退回到了加里．科林的身後。

「呵呵！龍先生不要著急，只要你願意合作，那這針就送給你了。」加里．科林笑說。

「到底是什麼計劃？」龍耀問。

「龍先生沒答應加入前，我是不能告訴你的。」加里．科林說。

「那你讓我怎麼選擇？」

加里．科林捏著下巴想了一會兒，說：「這樣吧！我帶龍先生去看樣東西，看一下您的反應，就知道您會不會加入了。」

「好！」

加里．科林帶著龍耀走進了船艙深處，蕾蒂和莎利葉默默的跟在兩人後面。四人一起走過昏暗的長廊，又穿過一間佈滿管道和蒸汽的艙室，最後乘上一台隱蔽在破舊鐵門後的電梯。

電梯下降了一段距離，到達了遊輪的最底部，然後自動門慢慢打開了，一個嶄新的世界顯露出來。

這裡與上面的古典風味截然不同，充滿了未來世界的科幻風格，瑩白色的穹頂和牆壁之間，交叉著懸浮在半空中的傳送帶，自動機器人在其間來回穿梭。一些身穿白色試驗服的研究員，都在專注的觀察著顯示器上傳來的實驗數據。

「這是什麼地方？」龍耀驚訝的問。

「我的移動實驗室。」加里．科林一臉的自豪，說：「與你們逐漸被科技排擠的東方道門不同，我們西方魔法協會卻與科技結合得越來越緊密了。」

「他們都在研究什麼？」

「魔法。」

「魔法？」

「對！魔法，科學的魔法。」

龍耀搞不懂對方的想法，說：「科學和魔法，不是相對的嗎？」

「不！不！那只是世俗的看法，其實科學和魔法是相輔相成的。」加里．科林指向一扇門，

說：「請到這邊來。」

加里·科林在門前檢驗了手紋，然後自動門才緩慢的打開，裡面露出讓人驚悚的綠光，道路兩旁擺滿了大玻璃罐。

龍耀在長廊裡走了一會兒，好奇的趴向一個玻璃罐，竟然看到有女孩在裡面。他將第六感緩緩打開之後，赫然發現竟然還是個活人。龍耀連續觀察了十幾個大罐，發現裡面裝的全是活人女孩。罐子裡裝滿帶有安定成分的營養液，能讓女孩們一直處於深度睡眠狀態。

這些罐中的女孩來自各個國家和種族，看來是加里·科林從世界各地搜集來的，排在長廊最後的幾個玻璃罐裡，盛放的是幾個黑髮黃膚的中國人。她們都是十三、四歲的少女，一絲不掛的懸浮在營養液中。

龍耀突然想起了今天早晨的報紙，上面說本市發生少女連續失蹤案，原來那些女孩是被加里·科林綁架了。

忽然，龍耀想起失去莎利葉時的憤怒，想起艾憐父親臨終託孤時的愁慘，想起了這些被綁架女孩的父母，他們現在會處於多麼痛苦的狀態。

龍耀的拳頭不由自主的攥緊了，心中赫然升起了一股無名業火。

「這些都是作為計劃的第一步，而從世界各地收集來的實驗品。」加里．科林欣賞著這些收藏品，笑著向龍耀介紹她們是怎麼被捕捉的，就好像獵人在吹噓偉大的捕獵經歷一般。

龍耀雖然心中暗藏著萬千怒火，但臉上卻是波瀾不驚的樣子，只是雙眼中的精光越來越盛。

「怎麼樣？如果你能接受這種實驗，就可以成為我們的夥伴，然後再詳談計劃的內容。」加里．科林望向龍耀，臉上依然掛著優雅的笑容，說：「當然就算你不加入這個計劃，我們同樣還是可以交朋友的，那副伏羲九針同樣可以送給你。無論將來我們的關係會變成什麼樣子，但今天你就是我加里．科林的好朋友。」

「好說！好說！」龍耀點頭答應著，忽然伸出一隻手來，指間夾著一枚針灸針，一針刺進了加里．科林的頸動脈。

「啊！」加里．科林實在沒有料到龍耀會突然翻臉，他第一眼就覺得龍耀是一個冷靜的智者，在他的慣性思維之中，智者是不會輕易動怒的。

可惜，他不知道龍耀在成為智者之前的那十七年，只是個恣意妄為的熊孩子。

「對於你這種無恥之徒，根本沒有講道義的必要。」龍耀猛的出手扼住了加里．科林的脖子，將他的額頭撞擊在堅硬的玻璃罐子上。

加里．科林作為一名中級魔法師，身體素質遠沒有龍耀的強悍，英俊的臉立刻變得血肉模糊。

這就是東西方玄門的一個最大不同之處，西方玄門把精神和肉體的訓練分開，導致魔法師的體質往往變得弱不禁風。而東方玄門卻強調玄術和武力必須雙修，只有強健的身體才能寄宿強健的心靈，因此道門的玄術高手也都是武功高手。

龍耀抓著加里．科林無情的摔打在地上，就像摔打一塊沾滿了污水的破拖布一般。但這還不是最讓加里．科林驚恐的，最讓他驚恐的是龍耀的表情始終未變。

喜怒不形於色！

這讓加里．科林意識到了一點：這人在將來必然會有一番作為，肯定會成為時之塔的一大阻礙。

另一邊，蕾蒂看到這種情況，趕緊撲上來要救援，卻被莎利葉絆倒在地。莎利葉繼續舔著棒棒糖，絆倒蕾蒂的同時，搶到了伏羲九針。

蕾蒂在作為侍女的同時，也是一位訓練有素的保鏢。她就地滾動了一下，來到門邊的警報器前，用手肘砸碎了警報玻璃。

尖銳的警報聲瞬間響遍了全船，同時所有的燈光都變成了紅色，大批荷槍實彈的武裝人員，穿著防生化用的戰鬥服衝進了實驗室之中，把所有的激光瞄準器都聚焦在龍耀頭上，扣下扳機傾洩出暴雨一般的子彈。

莎利葉縱身站到了龍耀的面前，從虛空中抓出死神鐮刀旋轉起來。死神鐮刀旋轉成一個圓盤，將所有的子彈都崩彈向了別處。

龍耀依然是一副無所畏懼的表情，拖著半昏迷狀態的加里．科林，說：「都把槍放下。」

邁內克站在武裝人員的最前面，額頭上的傷已經打好了綁帶，用急促的德語說：「都把槍放下，不要輕舉妄動。」

「這個傢伙本該死上一萬次，但現在只需答應一個條件，我可以暫時饒他一條狗命。」龍耀說。

「你說。」邁內克說。

「把玻璃罐裡的女孩都放出來，再給我準備一輛大型客車。」

「這需要時間。」邁內克想拖延一下時間，這是保鏢常用的手段之一，往往會讓綁匪心煩意亂，最後犯下致命的破綻。

但龍耀可不是一般的綁匪，他臉上的表情終於變化了，由無所謂變成了冷笑，說：「我只給你們十分鐘，期間每過一分鐘，我就掰斷他一根手指。第十一分鐘時，我直接掰斷他的脖子。」

說完，「劈啪」一聲脆響，龍耀將加里·科林的食指掰向了後方。

「啊！你、你、你不要激動，我們馬上就去辦。」

邁內克陷入了手足無措的境地，因為以往的經驗在此時完全無效。

終於，在邁內克的努力之下，加里·科林才斷到第五根手指，玻璃罐中的女孩就被放了出來，並且全部轉移到了客車上。

客車就停放在碼頭上，四周站滿了黑衣保鏢。因為武裝人員沒有持有入境證，所以他們不能離開船甲板。

太陽已經沉入了大海，海霧漫在碼頭上。四周的路人非常少，這剛好方便了龍耀行事。

龍耀揪著加里·科林走到客車旁，通過車門望了一眼裡面的女孩，女孩們穿著寬大的實驗服，被保險帶緊緊的固定在車座上，但大腦仍然處在深度睡眠之下。

龍耀點了點頭，然後給莎利葉遞了一個眼色。

莎利葉用牙齒叼緊了棒棒糖，空出雙手握緊了死神鐮刀，向著遠方的遊輪豎劈了一刀。

一道絢麗的白光激射而出，繼而消失在了茫茫夜幕中。

在場的人都呆愣了一秒鐘，一秒鐘後海中掀起波濤，以莎利葉所在之處為中心線，海水向著兩側平均分割開，就像一塊豆腐被切割成了兩半似的。豪華遊輪正好處在中心線上，當四周的海水都分開之後，船身也發出了一陣「咯吱吱」的裂響。

接著，八十米長的船身從中間斷裂了，洶湧的海水灌進了船艙之中，船身中部先沉入了海中，同時船首和船尾都翹了起來。船上的水手和士兵，爭先恐後的跳船逃命，一副大海難的景象。

當海水灌進遊輪的機艙房後，裡面的燃燒被電火花引燃了。遊輪轉瞬之間變成了兩團火焰，照得方圓百里都是一片淒慘的白光。

「果然，沉下去的鐵達尼號才是真正的鐵達尼號，這沉船的場景比電影裡還要壯觀啊！」龍耀出神的欣賞著。

「鐵達尼號是什麼？」莎利葉問。

「一艘超豪華巨輪的名字，於一九一二年四月十四日沉入大海，是人類史上最大的海難之一。回家後，我給妳找電影看看。」

「好啊！」

兩人悠閒的眺望著海中的景象，好像兩個看戲的局外人一般，完全沒有在意他們剛才的舉動，使一億歐元沉入了大海之中。

「把科林先生放了。」邁內克說。

龍耀看了看手中的加里．科林，說：「本來我是不應該放過你的，不過未宣而戰，有失道門風範。加里．科林，你仔細聽好了，我代表道門向魔法協會宣戰，你們那個該死的計劃，我道門一定會阻止的。」

「好！龍耀，我記得你了。」

「呵呵！加里．科林，別想對我耍小花招，這是玄門中人的戰爭。如果你敢對我的親友動手的話，我龍耀對天發誓會誅滅你科林一族。另外，給你一個小建議，如果你覺得今天我做得過分了，可以去清游宮找我……呃！找我師父清游真人李洞旋抗議。」

「清游真人李洞旋。好！這個名字我也記住了。」

「呵呵！再提醒你一句，我師父可是持戒者。」

「咦？」

在加里．科林吃驚的時候，龍耀猛的將他扔了起來，然後向其後腰踢出一腳。加里．科林飛旋著摔出，跌落進了火熱的大海之中。

「加里．科林，告辭了，感謝你今日的盛情款待。改日我在清游宮擺宴，和我師父一起答謝你。」龍耀翻身進入了大客車，掃視了一眼操作設備，點火、起動、加油，順利的開走了。

邁內克一邊指揮手下搶救加里．科林，一邊望著大客車駛向市區的方向，說：「魔法協會的計劃，絕不能讓其他組織知道。」

邁內克從懷裡掏出了一支遙控器，對準大客車的後尾用力按了下去。

與此同時，正在開車的龍耀第六感跳動了一下，他下意識的扭頭看向後排的座位，說：「最後一排有危險的物品。」

莎利葉淡定的舔食著棒棒糖，向著最後一排座位踢出了一腳。這一腳直接震碎了客車後尾，將座位和外殼一起踢飛了出去，炸彈同樣也跟著飛向了後方的邁內克。

「該死！」邁內克大罵了一聲，扭身撲進了大海之中。

加里．科林剛被兩名保鏢撈上來，雙腳還沒來得及接觸到地面，就又被邁內克給撞了下來。兩人跌入海中的一瞬間，炸彈在碼頭上方爆炸了，大批的保鏢被炸死在當場。

「龍耀，我絕不會放過你。」加里・科林咬牙切齒的憤怒一聲，將沾滿鮮血的手按進水中，嘴唇快速蠕動著唸完一段咒文。

「少爺，您要做什麼？」邁內克一臉的驚慌，說：「您可不能讓普通人看到魔法啊！」

「滾開！誰也別想阻攔我。」加里・科林推開了邁內克，猛的將血揮撒在海中，說：「召喚深淵之口。」

加里・科林身後的海水像是煮開了一般，「咕嚕咕嚕」的冒起了大水泡，一個黑影從海底浮現了出來，漆黑的後背緊貼在水面下方，就像海底洩漏出的石油一般。

「去吧！深淵之口，吞噬掉他們。」加里・科林大喊。

海底怪物「嗖」的一聲穿過海水，直撞到了碼頭的混凝土石階上。石階發出一陣巨大的爆碎聲，被怪物的脊背頂碎成一條土嶺。

那怪物在混凝土裡穿梭前進，竟然跟在海水中一樣容易。

010 生死時速

龍耀駕駛著大客車一路狂奔，而身後的公路則發出一陣爆響，瀝青碎塊如水花似的飛拋向兩側。從旁邊行駛而過的汽車，都被碎塊掀飛出了公路。

「莎利葉，後面是什麼鬼東西？」龍耀看著後視鏡問。

「應該是上古時代的怪獸，被召喚出來了。」莎利葉站在破碎的客車上，舔著棒棒糖。

「該死！加里·科林比我還要瘋狂嘛！竟然在城市裡召喚怪獸。」

「你也不要太過謙了，你們倆是半斤八兩。而且說到底，這都是因為你把他惹毛了。」

「好吧！好吧！既然事情已經鬧成這樣，我也不怕鬧得更大一些。」龍耀將方向盤一扭，大客車直奔向最繁華的市中心。

「你是想逼道門出手嗎？」莎利葉問。

「不錯！我一個人對付加里．科林背後的組織太吃虧了，必須藉助李洞旋和他身後的道門。」

「你這樣做，會引起戰爭的。」

「我一直就處在戰爭之中，這是一場沒有硝煙的戰爭。」

「我的意思是戰爭的規模會升級，甚至引發東西方玄門的世界大戰。」

「那靈樹會和枯林會這兩個組織，會怎麼樣？」

「很難說，如果這兩個組織都是東方的，那就會聯合起來共同對抗西方。但是，枯林會裡好像有一個黑人，也許它是一個西方組織也說不定。」

「呵呵！不管怎麼樣。事情變得越複雜越好，因為這會使兩個組織露出破綻，那我們就有機會去查清靈種的秘密了。」

「靈能者、修真者、魔法師的混合戰爭就要因你而爆發了，你還這麼悠閒。」

「我這也是為了幫妳啊！」龍耀輕輕的聳了聳肩膀，說：「另外，我還感覺到一件事。」

「什麼事？」

「靈能、真氣、魔力，我已經全部接觸到了，我有一種奇怪的感覺，感覺這三種力量很相似。」

「你是說，靈能、真氣、魔力是同一種東西？」

「現在還不能下定論，因為只是我的感覺，需要尋找更多的證據。」

莎利葉鄭重的點了點頭，雖然龍耀說只是感覺，但莎利葉相信龍耀的感覺，因為他的感覺從沒失效過。從尋找特殊口味的糖果到感應藏在車中的炸彈，這些事情都曾經驗證過龍耀那令人驚歎的第六感。

大客車駛進了紅島市最繁華的地段，而深淵之口也緊跟在車後衝了進來，並把沿路的東西全部吞噬掉。

大客車後面的公路開裂出一道大溝，四周的東西都被無形的大嘴吞噬了，市民們看到這世界末日一般的景象，都抱著頭驚叫著向四下逃亡。

大客車顛簸了一番之後，車上的女孩都被搖醒了。她們的記憶還停留在被綁架的一瞬間，再加上身上只有一件輕薄的白色試驗服，破碎的客車還在「嗖嗖」的進著冷風，女孩們便抱在一起發出了震天動地的哭喊聲。

「別吵了！我會想辦法送妳們回家的。」龍耀一手握著方向盤，一手翻動著手機詞典，用中文、英語、法語、俄語、日語、德語、阿拉伯語、西班牙語，這幾種世界常用語言各講了一遍。

大部分女孩都安靜了下來，但還有一個女孩在叫嚷。

「喂！妳沒有聽懂我的話嗎？」龍耀回頭看了一眼，表情一下子僵住了。那竟然是個黑人女孩，說著某個非洲部落裡的土語。

「Holy shit！」龍耀罵了一句，喃喃自語說：「加里．科林這臭小子，還真是鹹淡不忌，連小黑妞都抓了。」

黑人女孩叫嚷了一會兒後，發現其餘女孩都閉嘴了，自己也逐漸鎮靜了下來。

一個金髮碧眼的女孩走到近前，輕輕的拉了拉龍耀衣袖，用英語問了一聲，「請問，你是什麼人？」

「我是，我是……」龍耀想謊稱自己是警察，但又怕不夠震懾住女孩，便說：「我是天使。」

金髮少女驚恐的退後了兩步，那眼神好像看到了精神病患者。

莎利葉的嘴角抽搐了兩下，說：「她們不會信的。」

上。

「她們會信的。」龍耀提升起體內的靈氣，運用一氣化三清的術法，將靈氣凝結到了肩膀上。

一道璀璨的銀光在龍耀肩頭閃過，接著六隻翅膀伸展了出來，這些翅膀都用靈氣仿製出來的，依照的樣本就是莎利葉的墮天使之翼，只不過把顏色轉變成了聖潔的白色。

「天呢!原來是真的。感謝萬能的主!感謝主的使者!感謝偉大的您前來拯救迷途的羔羊。」金髮少女跪倒在地，向著龍耀祈禱起來。

其餘的女孩也在震驚之餘，一起雙手合握在胸前，安靜的禱告了起來。龍耀的嘴角露出了一抹笑意，暗中向莎利葉伸出一隻拇指。

「你欺騙無知少女的水平又增長了。」莎利葉評價。

就在這時，客車下的路面突然撕裂開，一張黑色的大嘴衝出地面，白森森的牙齒刺穿了車廂。

莎利葉冷靜的抽出鐮刀，一刀砍斷了一隻牙齒尖。深淵之口吼叫了一聲，又沉入了大地之中。那截斷牙掉落在客車內，牙齒上沾滿黑色的黏液，並散發著魔性的氣息。少女們看到如此的情景，又抱在一起大哭大鬧了起來。

「真煩啊！」龍耀淡然的抱怨了一聲，猛踩油門繼續向前衝。

忽然，龍耀在避難的人群之中，發現了兩個熟悉的身影，竟然是葉晴雲和胡培培。

「喂！妳們兩個過來幫忙。」龍耀一腳踢碎了車門，向外彈出了龍涎絲。

葉晴雲和胡培培還沒搞清楚情況，就感覺柳腰上突然有東西一緊，接著被一股力量牽引進了車裡。

葉晴雲撲倒在車廂裡，掙扎著爬起來看了一眼，赫然發現好多女孩子，便說：「龍耀，你在做什麼啊？」

胡培培扶著車廂，說：「你綁架女孩上癮了嗎？上次搶走了艾威的侄女，這次一下子搶了這麼多女孩。」

龍耀也懶得跟她解釋，只是淡然的警告了一聲，說：「不要靠近車廂壁。」

「為什麼啊？」

話聲剛落，深淵巨口又一次伸出地面，「喀嚓」一口咬穿了車廂。一根巨大的獠牙刺穿車廂壁，從胡培培的前心處洞穿了出來。

龍耀無奈的搖了搖頭，說：「誰叫妳不聽我的話。」

深淵之口咬完之後，又一次退回了地下。當牙齒從車廂裡拔出後，胡培培的前心便成了一個透光的大洞。

「啊……」女孩們驚叫了起來。

「不要叫啊！真是吵死了。」胡培培生氣的大吼了一聲，前胸的洞也瞬間癒合了。女孩們都閉上了嘴巴，表情愕然的盯著她。

「把妳們叫上車果然是正確的，幫我照顧好她們，別再讓她們叫了。」龍耀說。

「這到底是怎麼一會事，這些女孩子都是什麼人？」葉晴雲抓著頭髮問。

「是時之塔的實驗品。」

「啊！魔法協會的西歐分部？」

「對！他們在用人體做實驗。」

「你怎麼跟他們有聯繫的？」

「說來話長啊！這都是為了幫妳姑姑治病而引起的……」

「好吧！以後再說，先解決眼前的危機。」葉晴雲聽說是為了姑姑的病，便義不容辭的擔起了責任。

突然，路邊的角落裡闖出一個孩子，龍耀下意識的猛打方向盤，大客車一頭撞進了街邊的酒店。在酒店的大廳裡一直向前衝撞，將落地窗和隔離牆全部撞碎，最後從酒店的後門鑽了出來。

這時候，車窗玻璃已經破裂了，像是鋪了一層蜘蛛網。龍耀一拳打穿了車窗，用手撕掉了防碎玻璃。

大客車發出不堪重負的聲音，「空空」兩聲劇烈的爆響後，車下發動機的汽缸爆裂了。

「哦！糟糕。」龍耀抱怨了一聲。

與此同時，大客車下方的地面坍塌了下去，斷裂出一個黑色的巨大洞穴。

一張巨大的嘴咧著森然的牙齒，得意的靜臥在洞穴的最下方，等待著大客車掉進它的嘴巴裡。大客車在懸崖一般的洞邊搖晃了幾下，然後一頭栽進了黑漆漆的大洞中。

「班長，爭取三秒時間。」龍耀大叫。

「啊！時間停滯吧！」葉晴雲發動了靈能力，周圍的時間突然一滯。

這就是葉晴雲的靈能力，可以讓周圍的時間放慢，慢到就跟停止差不多。而且根據葉晴雲的意志，還可以讓特定的人以平常的速度活動。這兩種效果兩相疊加之後，那些以平常速度活動的人，就相當於擁有閃電一般的速度了。

因為葉晴雲本身不是強靈系的，所以她的靈能力在單打獨鬥中，幾乎只能作為逃跑的技能。但在多人參戰的團體戰鬥中，這種靈能力就是逆天的存在，能把隊友都變成「閃電俠」，所以葉晴雲是有戰略價值的靈能者。

葉晴雲的靈能力發動之後，客車的下降速度果然放慢了，就像懸浮在半空中一般。

「莎利葉，把龍召出來。」龍耀吩咐了一句，翻身到了車外，伸手抓住油箱，用力撕扯了下來，又拉過旁邊的電瓶，做了一個簡單的導火線。

莎利葉揮舞著死神鐮刀，向著車廂外的虛空一揮，說：「地獄門開！」

一條黑線出現在半空中，接著黑線向兩側擴大，露出一隻血紅色的眼睛。雙頭龍咆哮了一聲，撲動著巨翼來到了人界間。

「帶我們走。」龍耀說。

雙頭龍用粗壯的雙爪，抓住了客車的車廂，展翅飛向了昏暗的天空。

與此同時，葉晴雲停止了靈能，時間又恢復了正常。客車油箱就像汽油彈一般，掉進了深淵之口中，將它剩下的幾顆牙也一起炸掉了。

雙頭龍藉助夜幕的掩護，抓著客車飛向了龍耀家，在門前空地上鬆開了爪子。轟隆一聲爆

響，客車摔碎在了草坪上，車廂的鐵皮四處飛濺，少女也被震飛了出來。

莎利葉揮了一下死神鐮刀，又打開了一道地獄之門，雙頭龍乖乖的鑽了進去。

沈麗聽到門外傳來一聲巨響，還以為是誰家小孩在放鞭炮，便提著菜刀衝到了門外來，但眼前的一幕讓她瞬間呆住了。

龍耀和莎利葉站在門前，身後是一輛破碎的客車，旁邊則是橫七豎八的少女，就像天上掉下來的一般。

沈麗抬頭看了看天空，說：「今天的天氣預報上，沒說會下女孩子啊？」

「媽！晚飯多準備一點。」龍耀回過頭去拍了拍手，用八種語言講了一遍，「大家都進來，我們先吃晚飯。」

「哦！」少女們雖然滿身疲勞，但因為已經脫離了危險，所以小臉上都洋溢著喜悅。

「喂！喂！喂！這也太多了吧！」沈麗看著這群由少女組成的「多國部隊」，說：「媽媽現在終於知道錯了！不應該催促著你找女朋友。」

「媽，妳想多了。她們只是暫住一個晚上，明天我會送她們回家的。」

「啊！你還要留她們過夜啊！這裡面可是有不少未成年的啊……」

「唉！就不應該跟妳認真說話。」龍耀無奈的搖了搖頭，擁著一群女孩進了門。

林雨婷和艾憐正坐在一起看電視，忽然看到一大群女孩湧了進來，把沙發、椅子、地板全坐滿了。

金髮碧眼的那名小女孩，還緊挨著艾憐坐了下來，笑嘻嘻的比劃著手勢，試圖與艾憐交朋友。

沈麗數了一下人數，竟然有六十四個人，自己做飯是來不及的，只好打電話叫外賣。三家外賣店一起趕做，終於在一個小時後送來，然後大家才一起吃晚飯。

很多女孩是第一次吃中國菜，但從表情上能看出她們很喜歡，而玻璃罐裡的那段經歷就像一場噩夢一樣，已經被沖散在了歡樂的時光之中。

在這期間，那名金髮碧眼的小女孩悄悄的靠到了龍耀身邊，問：「我可以叫你哥哥嗎？」

「可以！」龍耀說。

「那哥哥你是什麼天使啊？」

「替天行道的使者。」

「替天行道是什麼意思？」

「沒讀過《水滸傳》嗎？」

「沒有！那是什麼故事？」

「講的是一百零五個男人和三個女人的故事。」

「愛情故事嗎？」

「當然不是了。」

「那哥哥可以講給我聽嗎？」

「可以，不過那故事很長的。」

「那我可以留下來慢慢聽嗎？」

「可以！啊！咦？妳說什麼……」龍耀這才發覺她的目的，原來這女孩是想留下來，「妳叫什麼名字，不想回家了嗎？」

女孩用力挺高了胸脯，展現出一道精緻的曲線，說：「維琪，我已經獨立了。」

龍耀的嘴角抽動了兩下，說：「妳多大了？」

「十八歲了。」

「呃！看起來不像啊！」龍耀用第六感掃描了一下靈氣，推斷出維琪的骨齡才十四歲出頭。

但維琪還不知道自己的謊言已經被看穿了，說：「謝謝！大家都說我看起來比較年輕。」

龍耀揮拳敲在維琪頭上，說：「謝妳個頭啊！鬼才信妳有十八歲。」

就在大家沉浸在歡聲笑語之中時，門外忽然響起了警車的急促警笛聲。幾十輛警車風馳電掣一般的衝來，在龍耀家四周包圍了一個包圍圈，並用路障將左右兩側的馬路截斷。幾十名武裝警察跳下車來，左手握著微型衝鋒槍，右手舉著透明的盾牌，在警車前組成了盾牆。

「裡面的綁架犯聽著，你已經被警方包圍了，立刻放下武器走出來。」一名警察舉著大喇叭喊。

沈麗趴在窗口向外望了一眼，說：「這跟電影裡演的好像啊！」

胡培培也端著飯碗走近，說：「綁架了那麼多女孩，不被警察發現是不可能的。」

「原來這些女孩都是綁架來的啊！」沈麗稍微有一些驚訝。

「我是猜的。」胡培培將空碗舉起來，說：「阿姨，還有飯嗎？」

「有的！去廚房盛吧。多吃點，長長胸。」

胡培培的額頭綻起了幾道青筋，下意識低頭看了看平坦的胸脯，又從側面偷瞄了一眼維琪的胸部，喃喃的說：「該死的老外，為什麼發育得這麼好？」

龍耀聽到外面的叫喊聲，叼著一根牙籤要去開門。葉晴雲卻猛的一把拉住了他，說：「龍耀，不要衝動啊！」

「我知道。」龍耀打開了門，剛露出一下臉，便被一把槍頂住了。

胡培培的爸爸站在門外，手裡握著一支左輪手槍。那名叫小劉的女警察抓著他的袖子，說：「胡隊長，不要衝動啊！」

「龍耀，你綁架我女兒了？」胡榮說。

「開什麼玩笑啊！就你女兒那種平胸，有綁架的價值嗎？」龍耀盯著黑洞洞的槍口，臉上表情十分平靜。

胡榮還是第一次見到有人這麼冷靜，身為面對犯罪幾十年的一名老警察，他的心中竟然生出些許恐懼。但胡榮的職業素養還在支持著他，讓他下意識的把槍向前推了一點。

龍耀感覺到一絲不舒服，用手彈了一下左輪手槍。震動瞬間傳遍了槍身，每個零件都震顫起來。

下一秒鐘，手槍發出一聲脆響，崩裂成了一堆小零件。

「你小子做了什麼？」胡榮嚇了一跳。

「什麼啊！明明是你自己手發抖，把手槍掉地上摔破了。」龍耀說。

「怎麼可能啊？這槍跟隨我多年，砸核桃都沒問題。」

「你就是這樣用槍的啊？」

「呃……用不著你管。」胡榮又要發作了。

沈麗給胡培培盛了一碗飯，說：「兒子，外面怎麼了？那些警察是不是走錯門了，不會真的是來抓你的吧？」

「媽，沒什麼事，是胡培培的爸爸來了。」龍耀回答。

「哦！那請他進來一起吃飯吧！」

「不用了！他吃核桃就吃飽了。」

胡培培聽說爸爸來了，便端著飯碗走了出來，邊嚼邊問：「爸，你來幹什麼？」

「妳、妳、妳不是被綁架了嗎？」

「啊！誰說的？」

「這……」胡榮看向身後的小劉。

小劉拿出備忘錄，說：「我們剛才接到報警，說有一輛客車在鬧市中狂奔，車上載著數十名少女，其中有幾人就是連續失蹤案中的受害者。」

胡警察拿出了手銬，說：「龍耀，這事是你幹的吧？」

「沒有這回事。」龍耀說。

「你抵賴也沒有用，路邊的監控攝影機，已經拍下了你的樣子。還有你在碼頭上製造爆炸案，碼頭上的工作人員也已經報警了。」

「那是他們眼花了。」

胡榮在懷裡摸了一陣，掏出一張皺巴巴的拘捕令，說：「龍耀，你涉嫌綁架、鬥毆、爆炸、縱火、惡意傷人、破壞財物、非法駕駛等十七項罪名，我正式通知你被捕了。」

「好吧！既然如此，就按法律程序辦吧！不過，有件事需要麻煩你……」龍耀扭頭看向門內，用多種語言輪流說出一遍，說：「小公主們，都出來吧！讓警察叔叔送妳們回家。」

「哦！」少女們歡叫了一聲，一窩蜂似的撲了出來。

「啊！你竟然綁架了這麼多啊！」胡榮驚訝的叫道。

龍耀點了一下人數，發現竟然少了一人，問說：「誰還沒有出來？」

沈麗收拾著餐桌，說：「那個金髮碧眼的小丫頭，說是要先去洗一個澡。」

「這小丫頭真夠鬼靈精的。」

龍耀轉身想把她揪出來，可胡榮卻把手銬一揮，喀嚓一聲銬住了龍耀，說：「你別想跑啊！」

「我不跑！進去找個人。」龍耀說。

「少耍花招了！現在就跟我去警局。」

本來警察們覺得，派出這麼多警車，是隊長小題大做了，可現在一看才發現車根本不夠用。

六十多個女孩熙熙攘攘的分散在不同的車中，就好像是學校組織旅遊的車隊似的。

012 審訊室

女孩子們被送進了警局，警察們立刻忙得翻天了。全局的警員都收到了加班通知，一個個給少女們登記造冊。本地的那幾名少女倒是好說，很快就聯繫到了她們的親屬。而那些外國女孩就麻煩了，警察們根本就聽不懂她們在說什麼。

不過在這些外國少女中，倒是有一個會說中文的，那就是被當作受害者一起帶來的莎利葉。

「妳的家在哪裡啊？」警察和藹的問。

「地獄。」莎利葉如實相告。

「呃！小妹妹，不要開玩笑啊！妳說清楚了才能早點回家啊！」

「我不是被綁架者。」

「那妳是……」

「我是從犯。」

「啊？」

莎利葉看對方一臉的不相信，也不再跟他多說些廢話了，便說：「有點心吃嗎？我喜歡甜的。」

「呃！有幾塊巧克力。」警察從抽屜裡摸出來。

「嗯！湊合著吃吧。」莎利葉伸手抓過，勉為其難的吃了起來。

那名警察無奈的趴倒在了桌子上，而在同一個辦公室裡的其他警察，也是一樣的無奈和無措。

在不足十平米的一間小審訊室裡，中間塞進了一張長方形的桌子，桌子上擺著一盞昏暗的老式檯燈，這是整個房間裡的唯一的光源了。

龍耀坐在桌子的後面，玩弄著手腕上的手銬。手銬在他小拇指的撥弄之下，「喀嚓喀嚓」的時開時合。

胡榮坐在桌子的對面，緊盯著龍耀纖細的手，臉上的表情滿是驚愕。小劉作為記錄員坐在一邊，輕咳一聲提醒上司該開始了。

「哦！哦！龍耀，你……」

龍耀打斷了胡榮的問話，說：「加里．科林來過警局嗎？」

「呃！我們帶他回來問過話，那艘被破壞的船就是他的，不過奇怪的是他沒有指控你。」

「那你不覺得這很奇怪嗎？」

「我當然知道了。」

「那為什麼不先拘留，再慢慢的調查他呢？」

「因為他是外國人，大使館來要人了，我也沒有辦法啊！」

「外國人就放走，本國人就欺負，這就是你們的原則嗎？」

「是上司做出的決定，我也非常的生氣啊！」胡榮揮拳砸了一下桌子，接著聽到小劉的咳嗽聲，這才從盛怒之中驚醒了過來，說：「喂！喂！現在是我審你。」

龍耀把手銬丟在了桌子上，雙手托著下巴思考著，說：「你知道胡培培的生日嗎？」

「呃！這……大概……也許，在一月份？」胡榮呆住了。

「她跟小流氓混在一起，你知道是為什麼嗎？」

「這、這、這是因為她不學好。」

「錯了！這是因為她在報復你。因為你在當警察，所以她就做混混，她要跟你對著幹，這是這個年紀的人，經常有的『逆反心理』。」

「呃！」

「胡培培的媽媽是做什麼的？」

「律師。」

「呵呵！一個警察，一個律師，兩個法律行業的人，卻讓女兒走上了歧途。」

「這──這──我有什麼辦法啊？我的工作很忙啊！」

「我的父母工作也很忙，爸爸常年在外面出差，媽媽是生物研究所的，有時一連幾天不回家，可他們卻在一直關心我，所以我從來沒有感覺到被冷落。」

講到這裡的時候，龍耀忽然覺得父母很偉大，尤其是媽媽沈麗，就像好朋友一樣，時刻給他溫暖。

小劉看到胡榮愁眉不展的樣子，趕緊又咳嗽了起來，「咳──咳──隊長，這是審訊啊！」

「啊！對了，應該我審你才對。」驚醒過來的胡榮猛的一把抓起檯燈照向龍耀。

這是警察們在審訊犯人時，最常用的一種恐嚇手法。警察突出其來的動作，會讓案犯的神經緊張。人類在感覺到恐懼時，會本能的放大瞳孔，而此時檯燈的光線照射過來，正好會強烈的刺激視神經，使犯人受到精神和身體上的雙重打擊，這可以說是一種沒有傷痕的刑罰。

胡榮還是警校學員時，就從教官那裡學到了這招，在之後的警察生涯之中，他對數百名嫌犯使用過，可以說是一招百試不爽的絕技。

但這一次，他的檯燈必殺卻失效了，燈光照射向龍耀的瞬間，龍耀的瞳孔輕鬆的收縮，阻擋住了燈光的強烈刺激。而且在這整個過程之中，龍耀的表情沒有絲毫變化，連心跳都沒有改變一拍。

「我靠！你是俄國KGB的，還是美國CIA的，受過專業的反審訊訓練吧？」胡榮感歎。

「這是本能。」龍耀說。

胡榮的眉頭皺了一下，說：「對了！我記起來了。我在一部電影裡看過，一名高智商的殺人犯，精神就像你一樣的堅硬。那電影好像叫沉默的……牛犢？」

「是叫《沉默的羔羊》吧？」

「對，對！你的智商有多少？」

「比你的二倍多一點吧！」

「果然啊！你這個高智商罪犯——」胡榮拍了拍桌子，忽然又想到不對，說：「嘿！你小子怎麼拐著彎罵人啊？難道我的智商還不到你的一半？」

「我說的是實話，沒有侮辱你的意思。」

忽然，一名警員敲了一下門，帶著一張紙走進來了，說：「隊長，那些女孩都問過了，她們說龍耀不是綁架犯。」

莎利葉跟在警員的身後，表情從容的嚼著巧克力，從門縫裡窺視著龍耀。

胡榮拍了拍桌子，說：「不是綁架犯，那是什麼啊？」

「女孩們說是天使。」

警員把紙平鋪在桌子上，上面是一個女孩畫的素描，畫的是龍耀展開翅膀的樣子。

「這……這些外國小丫頭都在想什麼啊？」胡榮奇怪的說。

龍耀伸展了一下雙臂，說：「我就說嘛，是你們誤會了。」

「龍耀，你不要太得意了。就算女孩們不控訴你綁架罪，加里·科林不起訴你破壞罪，那你還有非法駕駛罪呢，錄影可是存在警局電腦裡的。」胡榮大叫。

「哦！」龍耀一下子冷靜了下來，向著莎利葉使了一個眼神。

莎利葉輕輕的點了點頭，轉身走向了警局的資料室。

「龍耀，就算是非法駕駛也不是小罪，我甚至可以送你去少年管教所的。如果你不想一輩子都背負污點，那最好把以前所犯的案子都交代了，我可以替你向法官大人求一下情，儘量寬恕你的那些罪行。」胡榮又開始恐嚇了。

龍耀輕輕的敲著桌子，說：「我要打一個電話。」

「不行！」

「這是我的權利，我要履行我的權利，否則我不會再開口說話了。」

「你要打給誰？」

「你女兒。」

「啊？」

在龍耀的一再堅持之下，胡榮終於無奈的同意了。龍耀在小劉的帶領下，去辦公室打電話。

龍耀撥通了電話：「喂！胡培培嗎?我是龍耀，我在警察局。」

「哦！你到底犯了什麼罪啊？」胡培培邊嚼邊問。

「我什麼罪也沒有，是你爸在無理取鬧。」

「那打電話給我，我也沒辦法啊！」

「把妳媽媽的手機號碼給我。」

「啊？不行，不行……」

「少囉嗦！快一點。」龍耀用命令的口氣說。

胡培培的身體突然一震，好像被對方的氣勢震懾住了，在迷迷糊糊之中就把號碼說了。胡培培的媽媽名叫丁文佳，本身擁有大律師的資格證，在律師樓裡有獨立的事務所。

龍耀撥通了丁文佳的電話，說：「喂！丁律師嗎？我有事請妳幫忙。」

「如果是工作的事，那請明天再談吧，我已經下班了。」丁文佳以標準的商務口吻說。

「關於妳女兒的事呢？」

「呃！培培怎麼了？」

「她很好！在我家裡。」

「你是……」

「龍耀。」

「哦！我今天才聽培培提起過，好像你是她的新朋友。」丁文佳的口氣柔和了許多。

「對！我們雖然是新朋友，但關係會越來越緊密。」

「呵呵！不瞞你說，我在得知到你的名字後，立刻向校方電話驗證過，聽說你是這次期中考的全市第一名。培培終於交到一個像樣的朋友了，我也希望你能多關心她一下。」

龍耀的嘴角輕輕的揚了一下，沒想到考試成績這麼管用，果然家長都是看重分數的。龍耀點了點頭，接著說：「這沒有問題！不過現在我有事請您幫忙。」

「你說吧！」

「我現在警察局裡面，是妳前夫拘捕我的，憑一些莫須有的罪名。他似乎以為我欺負了胡培培，想要趁機給我一點顏色看看。」

「太過分了！」丁文佳大叫起來。看來她的脾氣一點也不比胡榮小，難怪兩人會鬧到離婚。

「所以，我想請阿姨做我的律師，價錢方面好說。」

「呵呵！你一個學生能有多少錢啊？你知不知道就算跟我談話，也是要按時間收費的？好了！我馬上就去警局，在我沒有到達前，你什麼話也不要說。」

龍耀掛掉電話後，又去了一趟廁所，磨磨蹭蹭的拖延了一會，才跟小劉回到審訊室。

胡榮已經等得不耐煩了，說：「怎麼現在才回來啊？」

「你女兒想跟我多聊一會兒。」龍耀伸著懶腰說。

「現在可以交代了吧？」

「不要著急！現在幾點了？」

胡榮看了看手錶：「十一點了。」

「哦！其實我有低血糖，晚上一定要吃宵夜，否則記憶力就會下降，以前的事都會忘掉。」

「啊！你又想怎麼樣？」

「吃盒飯。」

「啊？」

「進了警局，當然要吃盒飯了，難道規矩不是這樣的？」

「我靠！你香港警匪片看多了吧？」

「我不管！我要吃叉燒飯。」

「你把警局當飯館了啊？」胡榮一拳砸在桌子上，震得檯燈都跳了起來。

龍耀輕輕的整理了一下校服，說：「胡培培在我家的時候，可是好酒好菜吃著。我在她爸爸的工作單位，竟然連一碗叉燒飯都吃不到？」

「算我怕你了。」胡榮搖了搖頭，說：「小劉，妳也餓了吧？去買三碗叉燒飯，飯錢記我賬上。」

等小劉離開審訊室之後，房間裡只剩下胡榮和龍耀，兩人大眼瞪小眼的對視著。

「為什麼離婚？」龍耀率先發問。

「有一次，我抓了一個十惡不赦的大罪犯，本來以為可以致他於死地了，可我老婆卻被那人請去當律師，通過辯護讓他再次逍遙法外。我們大吵了一架，就這麼分手了。」胡榮摸出了一支煙。

「工作場所，禁止吸煙。」龍耀說。

「嘿！這是我的地盤。」胡榮點上了香煙，鬱悶的抽了一口，說：「你多大了？」

「跟胡培培同歲。」

「你看起來好成熟啊！」

「把胡培培交給我吧！我來監管和教育她，否則她早晚會誤入歧途。」

「別開玩笑了！你這混蛋小子，自己的屁股還沒有洗乾淨呢！」

「大叔，我沒有開玩笑。」龍耀收斂起臉上的隨意，換上了一副嚴肅的表情，說：「只有我才能引她走上正確的道路，也只有我才能保護她不受欺騙和迫害。」

「我靠！你可別嚇唬大叔啊，你這口氣跟求婚似的，難道是喜歡上我女兒了？」

「我對平胸沒有興趣。」龍耀說。

「嘿！這說明你小子的心智還年輕啊！等你變得跟大叔這麼滄桑時，就知道平胸裡都是滿滿的愛了。」

「啊！這話可不像是你說的啊！」

龍耀正為胡榮這句話而奇怪時，一個答案卻突然出現在眼前。

審訊室的門打開了，小劉提著三碗叉燒飯走進，身後還跟著一位白領麗人。

那人的年齡跟胡榮相似，但外表卻看起來年輕很多，頭上的青絲盤成緊湊的髮髻，鴨蛋形的臉上架著金絲眼鏡，雙眼中充滿了驕傲和倔強的光。身上穿著一件貼身的西式女裙，纖細的身段勾勒得畢現，整個人顯得十分精明強幹。

「咦！文佳，妳怎麼來了？」胡榮激動的說。

原來這就是丁文佳啊！龍耀抬頭打量她一下，果然跟胡培培很像，不僅是長相很像，連胸部都一樣的平。龍耀突然明白為什麼胡榮會喜歡平胸了，原來他至今還是喜歡著丁文佳的。

同時龍耀也為胡培培感到一陣悲哀，因為這說明她的胸脯永遠都不會變大了。

「胡榮，請稱呼我為丁女士，我是為公事而來的。」丁文佳擺出一副商務的姿態。

「好！好！妳又想救走哪個惡人啊？」胡榮說。

「請你不要污蔑我和我的工作。」

「工作，工作，妳就知道工作。為了工作，把女兒都忘了，當初就不應該把女兒交給妳。」

「你這是什麼話？你也不是一樣！當初我懷上培培的時候，你去外地辦案，幾個禮拜都不回家。」

兩個脾氣火爆的人，一見面就爭吵了起來。

這時候，莎利葉溜進了審訊室，向龍耀輕點了一下頭。

龍耀放心的舒了一口氣，拍了拍正在發呆的小劉，說：「我們趁熱吃吧！」

三人坐在審訊桌的一邊，一邊吃起了叉燒飯，一邊看著對面吵架。

「有這樣的上司，很辛苦吧！」龍耀說。

「是啊！經常下些莫名其妙的命令。」小劉苦喪著臉說。

012 審訊室

「妳警校剛畢業？」
「今年。」
「哦！那看來妳的成績很好啊，要不怎麼會被分到隊長的手下。」
「唉！我寧願去跟著巡邏。」
「呵呵！」龍耀和小劉談笑了起來，好像一見如故的好友似的。
這笑聲吸引了胡榮的注意力，立刻向小劉投出嚴厲的眼神，嚇得後者趕緊低頭嚼叉燒肉。
「喂！我的叉燒飯呢？」胡榮問。
小劉悄悄的指向莎利葉。
莎利葉幾口把飯扒光了，然後將碗向著前方一推，打了一聲飽嗝，說：「呃！不好吃！」
「我靠！不好吃，妳還吃得這麼快。哦！對了，這裡是審訊室，妳這小丫頭怎麼進來的？」胡榮怒吼。
「咳！咳！」丁文佳輕聲咳嗽了兩下，也從吵架中清醒了過來，說：「胡榮，我現在是龍耀的律師，請問我的當事人犯了什麼罪？」
胡榮的眼睛猛的瞪大了，指著龍耀的鼻子尖，說：「好你個臭小子，原來去打電話就是這個目的啊！早知道，我就……」

龍耀慢慢的嚼著叉燒肉，說：「律師，他威脅我。」

「胡榮，請你放尊重一點。如果再敢威脅我的當事人，那我可要向警局投訴了。」丁文佳說。

「妳去投訴吧，我不怕！因為我有證據……」

胡榮的話還沒有說完，一名警員跑了進來。

「隊、隊、隊……隊長，不好了！存放交通肇事錄像的電腦壞了。」警員上氣不接下氣的說。

「壞了，怎麼壞了？」

「不知道啊！從中間裂成兩半了，就像被刀切的一般。」

「這……」

丁文佳正了正眼鏡，說：「胡榮，請問我可以帶當事人走了嗎？」

「呃！」胡榮愣了一會兒，突然看到龍耀在笑，便猛的撲了上來，說：「一定是你小子搞的鬼吧！你不要太得意了，我一定會抓住你的。」

小劉和另一名警員趕緊拉住胡榮的雙臂，而龍耀和莎利葉則跟隨著丁文佳瀟灑的離開了。

丁文佳開車將龍耀送到家，龍耀邀請她到家裡坐一坐。丁文佳看了一眼窗戶，見幾個人影在歡樂的聊天，便說：「今天就算了吧！培培看到我會不高興的。」

「那也好！我會多勸勸胡培培的，讓她遠離那些小流氓，常回家跟親人在一起。」龍耀說。

「那就謝謝你了！以後有什麼事，隨時可以找我，再見……」丁文佳搖了搖手，沿原路返回了。

汽車剛一走，胡培培出來了，說：「那是我媽媽嗎？」

「是啊！妳媽媽雖然也是平胸，不過真的很有氣質啊，妳好好學著點吧！」龍耀說。

「哼！怎麼又把我媽媽牽扯進來了？」

「我們是商務上的僱傭關係，妳媽媽的工作不就是打官司嗎？」

回家後，龍耀做的第一件事就是找維琪，沈麗說在幾秒鐘前跟艾憐一起睡覺了。

「這小丫頭一定是看到我回來了，才故意裝睡的。」

龍耀來到了艾憐的床前，猛的把被子掀起來。艾憐的小床上並排著三樣東西：穿著睡衣酣睡的艾憐，毛絨絨的玩具狗熊，赤身裸體的維琪。

「呃！好吧！竟然裸睡，算我怕妳了。」龍耀的嘴角抽搐了兩下，又把被子原封不動的蓋好，無奈的搖著頭走了出去，感歎說：「我靠！不虧是外國人啊，發育的可真好，才十四歲多一點，胸部就那麼大了！」

當確定龍耀離開之後，維琪才睜開碧藍的大眼睛，向著房門吐了吐紅潤的小舌頭，用流利的中文說：「小丫頭，小丫頭，明明才比我大三歲，卻總叫人家小丫頭。」

維琪揉了揉豐盈的胸部，就以她的苗條身材來說，這對乳房的確頗為壯觀，「哼哼！等著瞧吧！讓維琪用這副性感的身材來征服你吧！」

013 仁義

第二天一大早，沈麗就起床準備早餐了，最近家裡的人口越來越多，家務的工作量也越來越大。幸虧林雨婷和葉晴雲會經常來龍耀家幫忙，否則沈麗真要被累死了。

就在沈麗煎蛋餅的時候，忽然門鈴緩緩的響了起來。沈麗端著平底鍋走了出去，見是兩個十多歲的小道士。

「咦！化緣嗎？」沈麗奇怪的問。

小道士恭敬的施了一禮，說：「女善主，我們不是來化緣的，而是來送禮物的。」

說完，另一個小道士送上了一盒素餅和一籃子在山裡剛採的野果。

「這是為什麼啊？」沈麗有些摸不著頭腦了。

「師父有交代，把這些禮物送給師兄，並請師兄去山上一聚。」小道士說。

「誰是你們師兄啊？」

「龍耀。」

「啊！」沈麗轉頭對著屋內大喊：「龍耀，你什麼時候出家當道士了。」

龍耀從書房裡走了出來，說：「沒有啊！」

兩個小道士見了龍耀，都施了道門的大禮，說：「參見師兄！」

「咦！」龍耀端詳了一會兒，記起了這兩個小道士。他們就是李洞旋的跟班，在封印惡龍的時候，兩人在一旁舞劍搖鈴。

「師兄，師父有要事相商，請您隨我們上山。」兩個小道童認真的說。

「那老道士搞什麼鬼啊？我怎麼莫名其妙就成他徒弟了？」龍耀的眉頭皺了起來。

「師兄……」小道童懇切的叫道。

「好吧！好吧！我去看一下。」

沈麗咀嚼著素餅，站在門前臺階上，說：「兒子，你真要出家啊？我們龍家可不能絕後啊！」

房中。

林雨婷和葉晴雲也站在門後，眨著大眼睛緊張的看著。

「媽！妳不要胡說，我還沒出家呢！而且現在都是火居道士，可以正常娶妻生子的。」

「哦！那媽媽就放心了。」沈麗點點頭，轉身回廚房了。

林雨婷和葉晴雲同時長舒了一口氣，又斜著眼角彼此對瞅了一眼，然後都板著臉扭頭走進了

艾憐穿著睡衣，抱著玩具熊，站在房門前，搖晃著小手，說：「哥哥，再見。」

「哦！再見。」龍耀擺了擺手，和莎利葉一起跟小道童走了。

忽然，又一個青稚的聲音用英語說：「哥哥，再見。」

龍耀猛的停下了腳步，扭頭看向艾憐身後，見維琪站在門縫處，伸手比出一個「V」字。

「該死！我差點把這丫頭忘了。」龍耀一臉愁苦的說。

「回來再說吧！李洞旋叫你去，一定是有要事。」莎利葉說。

「好吧！好吧！就再放那小丫頭一馬。」

四人來到了清游宮中，道童向李洞旋復命後，便退到門外做事去了。李洞旋擺好了茶水瓜

果，請龍耀和莎利葉坐下來慢談。

雖然李洞旋曾經封印過莎利葉，但莎利葉卻沒有表現出憤怒之情，而是很專注的吃著桌上的野果，看來甜食比仇恨對她更有吸引力。

龍耀喝了兩口茶，說：「李老道，我什麼時候成你徒弟了？」

李洞旋也抿了一口茶，說：「昨晚，貧道收到魔法協會一封抗議信，說我李洞旋縱徒行兇，那個徒弟的名字就叫龍耀。」

「呃！那是他們搞錯了。」

「信上還說，我那徒弟不僅喊出貧道的名字，還替道門向魔法協會下了戰書。」

「咳！咳！有這種事嗎？」龍耀咳嗽了兩聲。

「啪」的一聲響，李洞旋一掌拍在桌子上，震得水果都飛了起來，莎利葉趕緊伸手去抓。

「龍耀，你好大的膽子啊！竟然敢冒充本門弟子，挑撥東西兩大玄門開戰。」

龍耀伸手接住被震飛的茶杯，笑說：「呵呵！你怕了？」

「貧道有什麼可怕的？」

「怕與魔法協會開戰。」

「貧道從不畏懼戰爭，但師出必須有名。你有什麼正當理由嗎？如果沒有的話，小心道門戒律不容你。」

龍耀把茶杯放回了桌子上，給自己又添了一杯茶水。雖然這茶不及加里．科林的高級，但卻充滿了東方特有的禪定之味，所以龍耀越喝越覺得口滑愛喝。

「你看電視嗎？」龍耀問。

「呃！不看。」

「報紙呢？」

「呃！也不看。」

龍耀無奈的搖了搖頭，說：「你知不知道市內發生一起少女連續失蹤案？」

「呃！不知道。」李洞旋搖了搖頭，又一掌拍在桌上，說：「這些跟玄門戰爭有什麼關係？」

「綁架那些少女的就是魔法協會，她們被抓去當人體實驗品。」龍耀說。

「……竟有此事？」

「你可以去警察局問一下，我把女孩們救出來後，就送到警察局裡去了，還在那裡待到半夜，為的就是幫她們早回家。」龍耀把自己被抓進警局，改成主動去警局幫忙了。

「哦！是這樣啊！那你對魔法協會的人出手，是為了營救那些被綁架的女孩？」

「對啊！要不然我吃飽了撐的啊？」

李洞旋的面容放鬆了一些，點頭說：「既然是俠義之舉，那用我門名號，也不能算是過錯了！」

「對啊！對啊！」

「不過，你既然偷學了無字天書，又盜用了我道家的名號，那就必須拜入我道門才行。」

「呃！這事不急，不急。」

「不行！這事必須馬上就辦。」

龍耀的眉頭皺了一下，立刻想到另一個話題，說：「你找到張鳴啟了嗎？」

這一招果然管用，李洞旋馬上被吸引住了，說：「我已經派出了人手，到各大醫院裡尋找，但至今沒有任何消息。」

「笨蛋！張鳴啟是你們道門的人，自然知道你們道門的手段，當然不會跑去住院了。」

「那你有什麼線索？」

龍耀的嘴角露出一絲微笑，說：「你還記得上次跟我一起來搗亂的那個混混嗎？」

「記得。」

「他名叫艾威，是張鳴啟偷偷收的徒弟，張鳴啟就在他那裡養傷。」

雖然張鳴啟叮囑過艾威不要洩漏師徒關係，但艾威卻向龍耀說過與胡培培是師兄妹，而胡培培又承認張鳴啟是她的師父。且當時張鳴啟墜地的地點，與艾威常去的那家遊戲廳很近，並且那時廢墟上曾有機車的胎印。

龍耀把這些蛛絲馬跡綜合起來，就不難推測出張鳴啟的下落了。

李洞旋重重的點了點頭，說：「我馬上派人去調查。」

龍耀又喝了一口茶，說：「這個也不用太急！張鳴啟受了重傷，短期內逃不了的。我還想詢問一下，從葫蘆裡逃走的妖怪是怎麼處理的？」

「你還敢提這事啊！那些妖怪逃得遍地都是，道門正在到處追捕呢！」

「哦！看來事情並不算很嚴重。」龍耀輕輕的點了一下頭，說：「我還有一件事，想請教李道長。」

「你說！」

龍耀雙手探進了衣袖，一翻手夾出了九根針。

「伏羲九針？」李洞旋吃驚的說。

「果然我沒有問錯人！相傳八卦乃伏羲所創，他也算你們道門始祖了。而這副針裡暗藏太極八卦之理，我猜你們道門應該知道這副針的用法。」

「唉！龍耀，你果然聰明絕頂啊！如果你肯拜入道門的話，那……」

「哎哎！李道長，今天先不說這個，先把這針說一說，我還急著拿它救人呢！」龍耀說。

「好吧！」李洞旋拍了拍手，說：「侍劍，奉鈴，帶你們師兄去找伏羲九針的行針秘籍。」

「是！」兩個小道童點了點頭，引著龍耀去了藏經閣。

但是，藏經閣裡卻只有寥寥幾本書，而且大都是些普通的經書。兩個小道童也沒打算翻找，只是鬼頭鬼腦的向著外面張望了一番。

然後，那個叫侍劍的小道童拉了拉龍耀的衣袖子，說：「師兄，現在的道門總壇都改用電子資料庫了。」

「啊！」龍耀稍微吃了一驚。

「我把我的內部賬號給您，您直接上網看就行了。」

「呃！還可以這樣嗎？」

「您千萬別把這事告訴師父啊！師父是個老古董，最討厭我們用電子設備了。」

「哦！」龍耀笑著點了點頭。

龍耀在離開清游宮的時候，手機鈴聲突然響了起來。

林雨婷很急切的問：「龍耀，你晚上有時間嗎？」

「有什麼事情？」

「上次我提的那家德國醫藥公司，他們的商務代表希望能請你吃飯。」

「我沒有空。晚上我還要陪莎利葉看《鐵達尼號》，另外還要教訓維琪那個小丫頭。」

「啊！龍耀，你認真一點啊！那位商務代表可是科林財團的大少爺啊！」

「誰也沒用……」龍耀剛要出言拒絕，突然聽到了什麼，說：「妳說什麼財團？」

「科林財團。」

「那位大少爺叫什麼？」

「加里・科林。」

「呵呵！原來是老朋友啊！他知道我的名字嗎？」

「還不知道，我希望你到場後，再介紹你們認識。」

「好，那妳告訴他，我會準時赴宴。」

林雨婷終於長舒了一口氣，把時間和地點告訴了龍耀，然後又叮囑他一定要打扮一下，不要隨隨便便的就去赴宴，丟了龍林生物高科技公司的臉面。

龍耀真的聽從林雨婷的話，去了一家高級服飾專營店。但他沒有給自己買衣服，也沒有給莎利葉買，而是著重給胡培培買了一套，順便也給維琪買了一件睡衣，希望她不要再光著身子睡了。

龍耀打電話給葉晴雲，從她那裡打聽到胡培培的住址，然後便和莎利葉找上門去。丁文佳不愧是知名的大律師，家裡住的是全市最高級的豪華公寓樓。

當然胡培培的公寓跟葉晴雲的別墅還是沒法比，誰讓葉晴雲的姑丈是本市最大的銀行家呢，龍耀開公司的錢還是從她姑丈那裡貸款來的呢！

龍耀和莎利葉躲過了保安的監視，偷偷摸摸的來到了胡培培的家門前。雖然防盜門安裝著最先進的鎖，但龍耀還是用針灸針輕鬆的捅開了。

兩人光明正大的走進了門，就好像回到了自己家裡一樣。

胡培培的家裡雖然寬敞，但佈置的卻非常簡單。家具和家電都是最新式的，不過看起來好像很少使用。

莎利葉進門第一件事，就是打開了冰箱門，把甜食都拿了出來。

冰箱裡的食品很豐富，但廚房裡卻乾淨異常，甚至連塊爛菜葉都沒有。這只能說明一件事，這是一個有錢無愛的家庭，雖然在物質上非常富有，但卻連個做飯的人都沒有。

龍耀坐在了真皮沙發上，看著對面牆上的掛畫，說：「看來丁文佳很少回家啊！胡培培把餅乾當飯吃。」

莎利葉吃著高級餅乾，說：「那也不錯啊！」

「妳以為人人都跟妳一樣啊？妳真的是天使嗎，不會是專吃糖的蟲子吧？」

「哼！」莎利葉撇了撇嘴，不再搭理龍耀了。

龍耀打開手機上網，接入了道門資料庫，找到伏羲九針的資料，仔細的琢磨了起來。

時間在不知不覺間流逝，放學的時間很快就到了。

胡培培在校門口猶豫了一會兒，她想繼續去遊戲廳裡玩，但又怕被艾威追問最近的事，而且

自從被龍耀的完美連招打敗之後，她玩格鬥遊戲的興致也一下子降低了。她又想到了去逛街買東西，但可惜身邊一個朋友也沒有，自己一個人去只會徒增傷感。

思來想去，胡培培還是決定先回家，雖然明知家裡一個人也沒有。胡培培歎息了一聲，打開了沉重的房門，但接下來的這一幕，讓她徹底愣住了。

龍耀坐在沙發上玩弄著手機，而莎利葉則在幫她「清理」冰箱。

「你、你、你們是怎麼進來的？」胡培培問。

「這世上還沒有我不能開的鎖。」龍耀說。

「哦！非法闖入。」

龍耀收起了手機，說：「我有事要妳幫忙。」

「又是玄門中的事嗎？」

「不錯！」

「我不要聽了。第一次遇到你，就被龍咬斷了頭。第二次遇到你，又被劍刺穿了心臟。第三次遇到你，被怪獸咬穿了身子。跟你在一起都沒有好事，我再也不要參與玄門的事了。」

「哈哈！妳早就身為玄門中人，以為說避就能避開嗎？」龍耀拍了拍胡培培的肩膀，說：

「一步江湖無盡期！妳只要踏入了一步，就一生無法擺脫了。」

「不要啊！」

「不過，妳還是滿幸運的。第一，妳擁有不死的能力，這可以讓妳化險為夷；第二，妳會成為我的助手，這可以讓妳不被惡人利用。」

「你不就是打算利用我的惡人嗎？」

「我可沒有那樣想，我會支付妳報酬的。上次妳只幫了我一個小忙，我便替妳付賬買了好多東西，不是嗎？」

「這……」

「放心！這一次的任務非常簡單，妳只要陪我去赴一個宴會，五星級酒店裡的法式大餐喲！」

「我才不相信有這種好事呢！」

「只要妳聽從我的命令，就是會有這種好事！」龍耀從紙袋裡取出衣服，說：「把這個穿上。」

胡培培的眼睛立刻直了，撫摸著奢華的晚禮服，說：「這、這、這是給我的？」

「對！今晚是我們第一次合作，妳的身份是我的秘書。」

「秘書，你是老闆嗎？」

「對！龍林高科技，聽說過嗎？」

「當然了！新聞上有報導過。咦！難道那家公司是你的？」胡培培驚訝的說。

「妳還不算太笨。」龍耀嘴角露出一抹笑意，說：「把衣服換上，我們就出發。」

「我去臥室換。」

「在這裡換就可以了，反正妳身上的那點肉，早就被我看光光了。」

「啊！在我斷頭的那段時間裡，你都對我的身體做什麼了？」胡培培撲了上來，將龍耀按在沙發上。

「沒什麼！只是檢查了一下身體機能。」

胡培培臉頰紅紅的，說：「那你有沒有對我做那種事？」

「哪種事啊？」

「就是那種啊！男女之間的事。」胡培培騎坐在龍耀身上，扭捏著柳腰羞澀的說。

「啊！妳難道還是處女？」

「什麼叫『難道還是』啊？難道我不應該是處女嗎？」

「妳天天跟流氓們混在一起，還以為早就跟艾威做過了。」

「他只是單方面追我而已，我對他根本沒有興趣。」

「哦！那要恭喜妳了，妳要當一輩子處女了。」

「你這是什麼意思？」

「因為妳現在擁有不死的靈能力，身體會一直保持現在的樣子。所以就算處女膜破了，也會馬上恢復原來的樣子。」

「啊……那不是每次都會很辛苦？」

「去問啦啦隊長吧，她應該比較有經驗。」

「……聽說第四季她變成女同志了。」

龍耀聳了聳肩膀，說：「這可不關我的事。」

「怎麼不關你的事啊？明明全都是你的錯。」胡培培騎坐在龍耀身上，雙手扼住了他的脖子。

就在兩人打鬧的時候，丁文佳下班回家來了。

丁文佳的工作是很忙的，一般都要加班到半夜。但上次龍耀的話觸動了她，所以今天特地早一些回家。沒想到打開家門的第一眼，竟然看到這麼一幕。

「這、這、這……你們……」丁文佳尷尬的不知該說些什麼，最後大喊說：「培培，妳怎麼還坐著不動？快從龍耀身上下來啊！」

胡培培羞紅了臉，抱起龍耀買的衣服，躲進了自己的臥室。

龍耀端正的坐了起來，說：「阿姨，我們剛才只是在開玩笑。」

「不是在親熱嗎？」

「不！不！我有證人可以證明。」龍耀伸手指向了冰箱門。

莎利葉叼著一個果凍，懶洋洋的轉過頭來，說：「我什麼都不知道。」

看到有一個小女孩在場，丁文佳長舒了一口氣，因為這說明兩人剛才沒亂來。

龍耀和丁文佳閒聊了一會兒，胡培培終於從臥室裡出來了。現在的她已經卸掉了非主流的裝扮，轉而恢復了清純少女該有的本色，身上穿著一件鑲著羽毛的白色晚禮服，就像一隻由醜小鴨變成的白天鵝似的。

丁文佳出神的望著女兒，眼眶竟然慢慢濕潤了。她沒有想到那個叛逆的女兒，也會變得這麼有女人味。

「培培，這身衣服是哪來的？」丁文佳問。

「龍耀帶來的。」胡培培有些羞澀的說。

龍耀站起了身來，說：「阿姨，我們還有一些事，現在要出去一下。」

「啊！好——好——」丁文佳看著女兒出門，突然又想起了什麼，說：「如果你們實在忍不住了，至少把安全措施做好啊！」

胡培培回頭瞪了媽媽一眼，說：「媽，妳都想些什麼啊！少年犯接觸多了吧？」

在五星級大酒店的特等廳裡，加里．科林早早的就等在裡面了，保鏢邁內克和秘書蕾蒂也陪坐在一旁。而餐桌另一邊的客席上，只坐著林雨婷一個人。

林雨婷尷尬的起身，跑到走廊裡打電話，催促龍耀來赴宴。在催促了三次之後，龍耀才踏入大酒店，帶著他的保鏢莎利葉和秘書胡培培。

林雨婷看了一眼還是校服打扮的龍耀，又看了一眼穿著奢華的胡培培，最後看向叼著棒棒糖的莎利葉。

「你們到底在鬧哪齣啊？」林雨婷想哭了。

龍耀推開了林雨婷，邁步走進特等廳。僅僅一個照面，就讓加里．科林驚呆了。

邁內克像一頭野牛似的跳起來，以迅雷不及掩耳之勢打出一拳，但卻被更快的莎利葉踢飛了出去。

蕾蒂也同時站了起來，卻被加里．科林按住了。

加里．科林看出了龍耀是有備而來，不僅帶著上次同行的墮落天使，還加上了一名靈氣飽滿的女助手。

龍耀按照西式的就餐禮儀，先給兩位女士拉出了座椅，然後自己坐在加里．科林正對面。

林雨婷隨後走了進來，還不知道發生了什麼事，就說：「我給大家介紹一下，這位就是龍林高科技的總裁龍耀先生。」

加里．科林的瞳孔一陣緊縮，邁內克和蕾蒂也是吃驚非常。三人本來以為龍耀是來鬧事的，沒想到他竟然就是龍林高科技的總裁。

服務生走了進來，說：「如果客人已經到齊，是不是能請各位點菜？」

加里．科林雖然非常吃驚，但依然保持著冷靜，「好！請龍先生點菜。」

龍耀看了一眼菜單，從最貴的菜點起，一直點了十二道。

服務生記錄了一會，突然有些為難的說：「先生，您肉類點了兩道，魚類點了三道，菜類點重了。」

「沒關係！我胃口大，科林先生的腰包更大。」龍耀說。

「呵呵！的確沒關係，隨便點。」加里．科林笑著說。

林雨婷一臉的尷尬，趕緊出面打圓場，說：「剩下的，由我來點吧！」

菜很快就上來了！按照嚴格的西餐規格，餐具也非常的考究。龍耀雖然知道西餐的禮儀，但卻隨便的動手吃了起來。胡培培不懂的西餐禮節，原本還怕在主人面前出醜丟臉，但看到龍耀的榜樣作用，也不管三七二十一吃了起來。莎利葉就更不在乎那些禮節，盡挑自己愛吃的甜食拿。

林雨婷看著身邊的三隻饕餮，無奈的把腦袋砸在了餐桌上。

「科林先生約我前來，是想商談合作的事嗎？」龍耀邊吃邊問。

雖然在玄門事件上，兩人撕破了臉皮。但在普通的生意上，還得表現的一切正常。於是，加里．科林笑說：「是的，是關於 IOG 智能生物材料的合作問題。」

「IOG 智能生物材料，是本公司的核心產業，如果要找一個合作夥伴的話，那我們必須嚴格

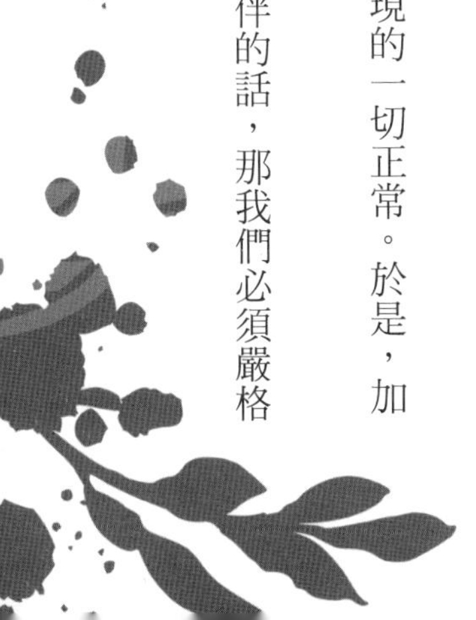

的考查一下。」

「科林財團是世界最大的生物和製藥公司，不知道龍先生還想考查哪一個方面啊？」

「仁義。」

「仁義？」

「我們中國人歷來注重仁義，自古就有『買賣不成仁義在』的俗語，可見老祖宗把仁義看得比買賣還重。」

「哦！龍先生的確高見。但不知道這仁義怎麼考查？」

「前些日子，有一艘遊輪在碼頭處出事了，船上有很多少女流落異鄉。我今天電話詢問了一下警局，聽說她們中的大多數都回到了家，但還有一些無法聯絡到親屬了。」

加里．科林的額頭冒出了冷汗，不知道龍耀究竟想說些什麼。

「我想做一點慈善事業！希望和科林先生共同建立一個基金會，供養這些女孩子在本地生活和讀書，直到她們找到自己的家人或者長大獨立。」

「呵呵！沒想到龍先生還是一位慈善家啊！」

「救困扶弱，人皆有責，這就是所謂的『仁義』啊！」

「那龍先生需要多少錢？」

「科林先生身為世界最大的生物和製藥公司的少爺，如果出手太少的話，恐怕會被恥笑的，所以就先出一千萬歐元吧！」

「呃！」加里．科林咬緊了牙關，差點把叉子掉地上。那艘遊輪已經讓他損失慘重了，沒想到又遇到龍耀獅子大開口。

龍耀斜睨了加里．科林一眼，說：「科林先生有什麼問題嗎？」

「呃！沒什麼，我只是覺得這是不是太多了？」

「唉！你不知道那些女孩子有多可憐啊！要不然我打一個電話，讓警察把她們都送來，讓她們當面懇求你吧！」

加里．科林聽到這句話，心裡頓時一陣緊張。女孩之中是有幾人認得加里．科林和邁內克的，如果被當著警察的面指證出來的話，那可就不是一千萬能解決的麻煩了。

「呵呵！不必了，我接受龍先生的提議了。」

「哈哈！科林先生真是爽快。」龍耀笑了起來，說：「看來以後，我們合作的機會也有很多啊！」

「是，是啊！」

龍耀和加里·科林談笑風生的聊著天，表面上看起來好像一對一見如故的知音。但暗下裡兩人卻在互相仇視著，身後的氣息漸漸凝結出一龍一虎兩頭扭打在一起的猛獸。

靈能之森02 戰爭序曲　完

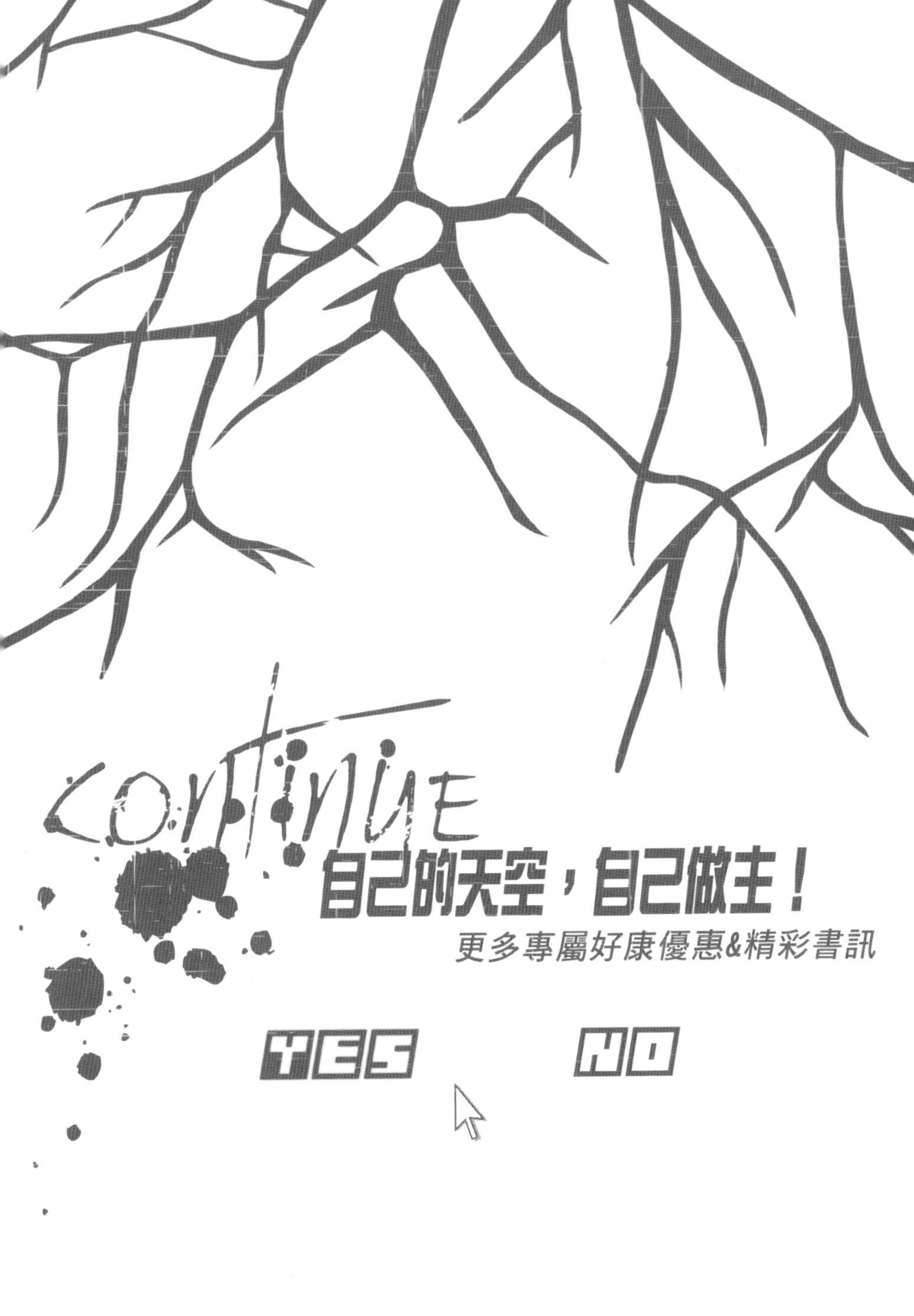
continue
自己的天空，自己做主！
更多專屬好康優惠&精彩書訊
YES
NO

WACHI FIELD
瓦 奇 菲 爾 德

■死亡遊戲■

都市鬼奇談06 END

科技日新月異，從二十世紀末開始，人類進入了網路時代我叫柳暉，除靈是我的專業。我所學習的茅山道術，相比這個時代來說，實在是古老而不可思議的。不過，隨著人類生活的改變，鬼怪的生態也出現了變化？有越來越多的詭異鬼靈，是茅山道術記載中無法解決的。尤其當鬼魂出現在網路遊戲中的時候，祖傳的收妖祕法，似乎完全不管用了……嘖！哼，人總是要進步的。就好像我跟我的女朋友明小彤之間的關係，總不能永遠停在有點黏又不太黏的地方吧？作為一個除靈天師，我要追求現代化；作為一個男人，我要正式追求我的女朋友！呃，聽起來很怪嗎？反正是最終回了嘛，哈～

■天罰■

都市鬼奇談05

有許多案件，發生得相當離奇和詭異。這類歸屬於超自然的案件，警局往往都會藉助擁有靈異長才的人來協助破案。

我是柳暉，專門捉鬼收妖的除靈天師，曾經協助警方偵破許許多多鬼魂殺人的事件。然而，這一次發生的超自然事件，我卻從中找不到一絲鬼魂的氣息。宛如古代官員判案的殺人場景一再出現，究竟是誰在替天行道？不是鬼，難道是神仙？或者，第三種可能……在我祖傳的道法總綱裡有記載，有一種來自地獄深處的陰靈，可以完全隱藏自己的鬼氣。比厲鬼還強大，比鬼王還難捉摸的陰靈，殺人的動機已經跟仇恨無關。它的目的，竟是喚醒一件足以撼動天地氣運的寶物！？

想實現你的夢想嗎？

想探索未知的世界嗎

下一個出現在這裡的
也許就是你的作品！

投稿創作，請上：螞蟻創作網
（http://www.antscreation.com）

■本期推出■

■零區啟動■

逆行世界05 END

習慣，是一件可怕的事情——
尤其是……
你曾經嘗試過，十分專注的做某件事情嗎？眼睛一眨也不眨，慢慢的，它會開始充血、變紅……「殺紅了眼」這句形容，就是這麼來的。
接下來，你會發現身體彷彿有了自己的意識，脫離你的掌控，開始慣性而重複的執行相同動作。
最後的結果是，毀滅。毀滅自己，或者是毀滅眼前的事物。在反世界中，人們不是因為血緣或者力量，而群聚在一起。神秘的「系統」，以逆行者與王者為網絡，維持著這個世界。逆行者與王者之間的戰爭，是系統崩壞所引起的？還是這場戰爭，導致了系統的加速毀滅？
答案，即將在某個人身上揭曉……

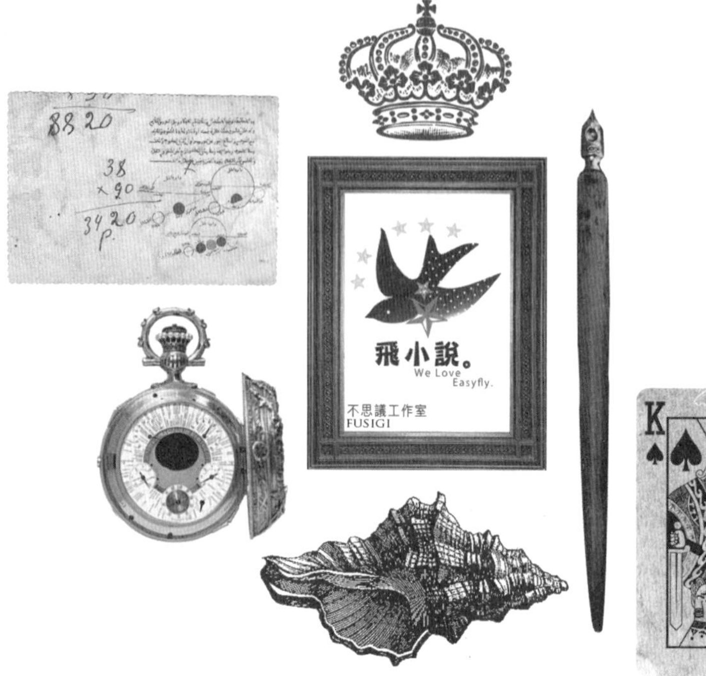

不思議工作室

「年輕、自由、無極限」的創作與閱讀領域

為什麼提到奇幻的經典，就只會想到歐美小說？
為什麼創意滿分的幻想作品，就只能是日本動漫？
為什麼「輕小說」一定要這樣那樣？

站在巨人的肩膀上，是為了看得更遠。
讓我們用自己的力量，打造屬於自己的文化！

不思議工作室，歡迎各式各樣奇想天外的合作提案。
來信請寄：book4e@mail.book4u.com.tw

不論你是小說作者、插圖畫家、音樂人、表演藝術工作者……
不管你是團體代表，還是無名小卒。
不思議工作室，竭誠歡迎您的來信！
官方部落格：http://book4e.pixnet.net/blog

☞您在什麼地方購買本書？☜

☐便利商店＿＿＿＿＿☐博客來　☐金石堂　☐金石堂網路書店　☐新絲路網路書店

☐其他網路平台＿＿＿＿＿☐書店＿＿＿＿＿市／縣＿＿＿＿＿書店

姓名：＿＿＿＿＿地址：＿＿＿＿＿＿＿＿＿＿＿＿＿＿＿＿＿＿＿＿＿＿＿＿

聯絡電話：＿＿＿＿＿電子郵箱：＿＿＿＿＿＿＿＿＿＿＿＿＿＿＿＿＿＿＿＿

您的性別：☐男　☐女

您的生日：＿＿＿＿＿年＿＿＿＿＿月＿＿＿＿＿日

（請務必填妥基本資料，以利贈品寄送）

您的職業：☐上班族　☐學生　☐服務業　☐軍警公教　☐資訊業　☐娛樂相關產業

☐自由業　☐其他＿＿＿＿＿＿

您的學歷：☐高中（含高中以下）　☐專科、大學　☐研究所以上

☞購買前☜

您從何處得知本書：☐逛書店　☐網路廣告（網站：＿＿＿＿＿＿＿）　☐親友介紹

（可複選）　☐出版書訊　☐銷售人員推薦　☐其他

本書吸引您的原因：☐書名很好　☐封面精美　☐書腰文字　☐封底文字　☐欣賞作家

（可複選）　☐喜歡畫家　☐價格合理　☐題材有趣　☐廣告印象深刻

☐其他＿＿＿＿＿＿＿＿＿＿

☞購買後☜

您滿意的部份：☐書名　☐封面　☐故事內容　☐版面編排　☐價格　☐贈品

（可複選）　☐其他

不滿意的部份：☐書名　☐封面　☐故事內容　☐版面編排　☐價格　☐贈品

（可複選）　☐其他

您對本書以及典藏閣的建議＿＿＿＿＿＿＿＿＿＿＿＿＿＿＿＿＿＿＿＿＿＿＿＿＿

＿＿＿＿＿＿＿＿＿＿＿＿＿＿＿＿＿＿＿＿＿＿＿＿＿＿＿＿＿＿＿＿＿＿＿＿＿

＿＿＿＿＿＿＿＿＿＿＿＿＿＿＿＿＿＿＿＿＿＿＿＿＿＿＿＿＿＿＿＿＿＿＿＿＿

✌是否願意收到相關企業之電子報？☐是　☐否

✍感謝您寶貴的意見✍

✌From＿＿＿＿＿＿＿＿＿＿@＿＿＿＿＿＿＿＿＿＿＿＿＿＿＿

♦請務必填寫有效e-mail郵箱，以利通知相關訊息，謝謝♦

印刷品

$3.5

請貼
3.5元
郵票

235 新北市中和區中山路二段366巷10號10樓

華文網出版集團　收

（典藏閣－不思議工作室）

靈能之森/ 七夜茶作. -- 初版. --新北市：
華文網，2012.01-
冊； 公分. --(飛小說系列)
ISBN 978-986-271-180-4(第2冊：平裝). ----

857.7 100026213

飛小說系列019

靈能之森02- 戰爭序曲

出版者■典藏閣
作　者■七夜茶　繪　者■嵐月
總編輯■歐綾纖
製作團隊■不思議工作室
郵撥帳號■50017206 采舍國際有限公司（郵撥購買，請另付一成郵資）
台灣出版中心■新北市中和區中山路2段366巷10號10樓
電　話■(02)2248-7896　傳　真■(02)2248-7758
物流中心■新北市中和區中山路2段366巷10號3樓
電　話■(02)8245-8786　傳　真■(02)8245-8718
ISBN■978-986-271-180-4
出版日期■2012年2月
全球華文國際市場總代理／采舍國際
地　址■新北市中和區中山路2段366巷10號3樓
電　話■(02)8245-8786　傳　真■(02)8245-8718
新絲路網路書店
地　址■新北市中和區中山路2段366巷10號10樓
網　址■www.silkbook.com
電　話■(02)8245-9896
傳　真■(02)8245-8819